随筆集　# 記憶の片すみ

野中　康行

Yasuyuki　Nonaka

まえがき

自分史を綴る

最近作風が変わったと言われる。

そのたびに、「どう変わったんでしょうか?」と聞くが、「何となく」と言われるだけで、はっきりしない。年月が経てば書くことも表現の方法も変わっていくもので、それは書いている本人が変わっていくからである。だが、自分では分からないものである。ずっと私の文章を読んでくれている人だからこそ、そう感じるのであり、ありがたいことである。

過去に2冊の随筆集を出版した。1冊目の『記憶の引きだし』(平成18年1月)、2冊目が、『リッチモンドの風』(平成24年11月)である。

一冊目は、昭和52年から平成17年までに書いたものを収めている。その期間のほとんどは県外にいたから、郷里を想いながら過去の思い出を書いたものが多い。平成8年に盛岡に戻り、家内が亡くなったのが平成13年で、その前後のことも書いているが、いずれ、おおかたは過去のことばかりだ。

2冊目は、過去と現在がないまぜになって、コラムや小説（らしきもの）も入っているから、どちらかといえば著作集であって随筆集ではない。本の中にいる自分の影が薄いと感じるのは、たぶん、娘の大学受験やら一人暮らしに慣れずに、自分を少しは見失っていた時期であったからだろう。そして東日本大震災である。現実に圧倒されて心が荒み、書けなかったのではないだろうか。その時期の作品は少ないから、知らぬ間に震災の影が落ちていたと今になって思う。

では今回はどうだろうか。

昔を懐かしむ話も多くはない。おおかたは今のことだが、作品にあまり明るい話がない。同級生も何人かが逝った。身近な人たちの両親が病気で倒れ、亡くなっている。その年齢が私と近いこともある。父が103歳を迎えようとし、兄妹でその世話をしていることにも影響がありそうだ。その父も最近逝った。

今の世相もどこか殺伐として、いっこうに明るさが見えてこない。政治の世界もそうだ。

こんな時代がいつまで続くかと、少々いらだつ。今をそう感じ取っているから、明るい話が少なく、どこか、じたばたしてわめき散らす文章になっているような気がする。作風が変わったと言われるのは、そんな自分が書いた文章だからなのだ。

書いていることは、自分の目で見て感じ考えたことである。どんなことを書いてもその文章には自分が記録されている。読み返すと、書いたそのときの出来事や自分の心のありようを思い出す。文章を綴るということは「自分史」を綴っているようなものなのだ。だから、これが三冊目の自分史ともいえる。

新聞や同人誌に思いつくままに書いた文章である。内容に一貫性があるわけでもない。80数編のそれらを、大きく5つの傾向に分けてなんとか体裁を整えた。

押し付けがましい文章を読まされるかもしれないが、がまんして読んでいただければ幸甚である。

目次

随筆集　記憶の片すみ　目次

Ⅱ 鳥たちの歌

Ⅲ　歴史を繰り返す

Ⅳ ウサギ追いし

V 残るはひとつ

Ⅰ 人間はすごい

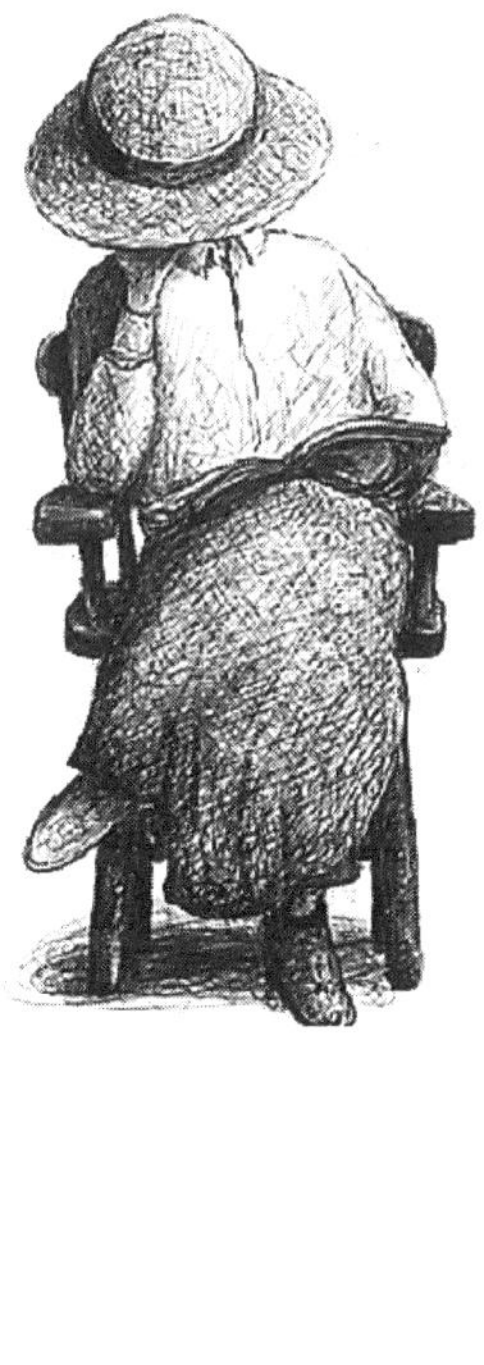

俳句の漢訳

古池塘　青蛙入水　水声響
小麻雀　走開走開　馬要走

漢詩には、四行の絶句、八行の律詩、十数行の古詩とそれ以上の長編詩などがある。日本人が好むのは、短い絶句のようである。和歌や俳句の短詩型に親しんできているからだろう。

冒頭の漢詩に見えるものは何か。

漢字を眺めていれば分かるだろうが、松尾芭蕉の句「古池や蛙飛び込む水の音」と、小林一茶の「雀の子そこのけそこのけお馬が通る」の漢訳である。１９２０年代に、中国では日本の俳句の中国訳がはやったそうだ。その時の訳はこうだった。

古池呀　青蛙跳入水　裏的音声
小黄雀、廻避――、馬来了

まったく整ってなくて面白くない。それをある中国青年が、五七五のリズムを、三四三の漢字に置き換えた。

痩青蛙　加油一茶　声援你

加油は「がんばれ」の意で、「一茶は汝を声援する」と読める。中国語では読めないから、どんな発音になるのか分からない。中国の人か中国語の達者な人に読んでもらい、そのリズムを聞いてみたいものである。

漢詩を読む機会はあまりない。漢文は高校のときに習ったが、覚えているのは返り点、一二点ぐらいで、それが付していればなんとなく読めるのだが、だいたいはひとつひとつの漢字から漠然と詩の意味を読み取るだけである。

読めない漢字が出てくると難儀だが、漢字の勉強にはなる。とは言っても辞典に当たることもまずない。これでは、ますます漢詩から遠ざかってしまう。

好きな俳句を自分なりに漢字に置き換えて遊ぶのも、良いことではないか。左は適当に創った（並べた）自作の訳詩だが、分かるだろうか。

静寂呀　沁入岩石　声鳴蝉

五月雨　集之早流　最上川

波荒海　佐渡横延　天銀河

（機関紙「春の風」平成26年2月号）

居直りの詩

この漢詩「春暁」は、平易で親しみがあるから誰でも知っているだろう。

『春の心地よい眠りのため、いつ夜が明けたのかわからない。あちらこちらで鳥が鳴くのが聞こえる。夕べは雨や風の音が聞こえた。どれだけの花が散ったのだろうか』

そんな意味の詩だが、現代の人はこの詩を読んで、どんな感想をもつのだろう。十分に寝てさわやかな目覚めだが、もう少しこのぬくもりに浸っていたい。そんな実体験から、「春眠暁を覚えず」だけでも、おおかたの人は共感するだろう。

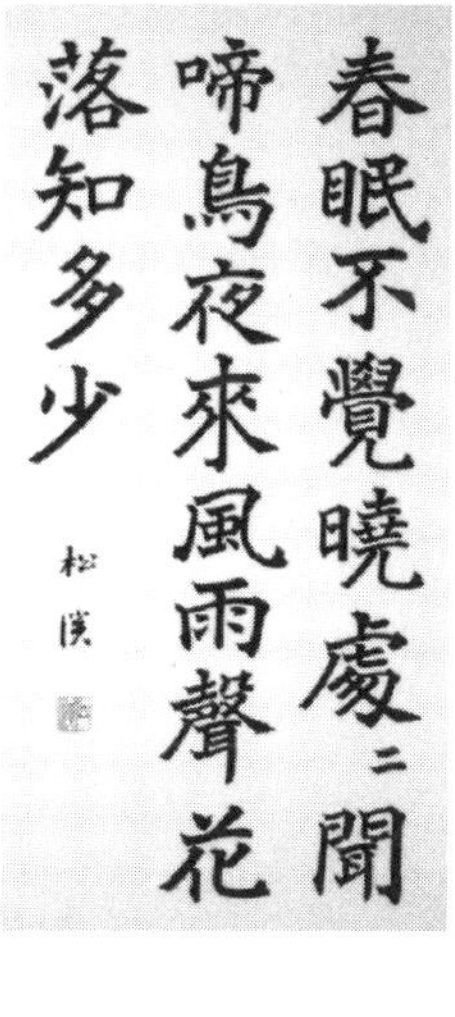

外では鳥のさえずりがする。起きてみると雨が上がっている。そういえば、夜に雨の音がしたような気がする。休日の遅い朝、よく眠ったときなどに体験することである。朝は定刻までに出社し、夜遅くまで残業しているサラリーマンや多忙な商店主であれば、願望として共感するのかもしれない。

いずれ、どこかやすらぎを感じる詩である。その単純な普遍性が、親しみのある詩にしていると言える。だが、当時はそう読まない人もいて、詩の内容ほど単純ではなかったようである。

農民の朝は早い。まして、夜の風雨は作物を傷めるから心配でとても寝てなどいられない。だから、遊んで暮らせるぜいたく者の詩だと批判があったそうだ。農民からすれば、そう言いたくなるのも分かるような気がする。

作者・孟浩然は農民ではなかった。だから、そんな批判が出るとはたぶん頭になかったろう。だが、遊んで暮らせる身分でもなかったようだ。彼は官僚を目指したが、ずっと登用されず、浪人生活のなかでこの詩をつくっている。当時の高級官僚の出勤はべらぼうに早く、午前4時ごろだったようだ。夜が明けるころの出勤風景は唐詩の題材でもあったたくらいである。
彼は天性からの楽天家で、素直な気持ちでこの詩を創ったのだろうか。官僚になろうとあがいていたときだから、案外違うかもしれない。ふてくされて朝寝をしたときに、朝早く出勤する官僚を嘲笑って創った詩のような気もする。彼はすでに官僚になることをあきらめ、居直っていたのではないだろうか。

（機関紙「春の風」平成26年3月号）

祖国のために

ベトナムからの留学生、トゥイちゃんの入学式に出た。私は彼女の支弁者（身元保証人）となっていたからである。

ベトナム、中国、ネパールから来日した留学生20人ばかりの入学式で、式のあとのパーティで初めて彼女と会った。約6ヶ月間日本語を勉強してきた彼女とは、まずまず会話は成り立った。これから2年間、学費と生活費を自ら稼ぎながら、日本語を学び、日本の大学を目指す。彼女はすでに盛岡市内の居酒屋でアルバイトを始めていた。

かれらは、自己紹介を日本語で行った。目標は、研究者、医師、エンジニア、起業家とさまざまだが、ほとんどの生徒が、「帰って、国の役に立ちたい」と言う。

私が支弁者となったのは4人目だが、6年前の最初はニュンという子だった。日本に来

たとき、将来の目標を聞いた。

「まだ決めていません。国の役に立ちたいのです。それを見つけます」

国の役に立ちたい。その応えが新鮮だった。その後、彼女は仙台の大学に進んだ。一昨年、里帰りをしていた彼女に、ホーチミン市内を案内してもらった。雑踏のなかで感じるエネルギーと公園に集う若者の熱気に、国の将来が見えるような気がした。

「ベトナムは統一してまだ三十六年、まだまだこれからです。工業も発展しています。これから日本でも問題になった公害が出ると思います」

今彼女は、環境工学を学び、できれば博士号を取って国に戻りたいとも言っていた。その志はゆらいではいなかった。めざすものにも迷いはなさそうだ。

国の役に立ちたい。自己紹介で彼らもまたそう言う。国のために。日本では古くさいことばだが、彼らの志とけなげさに心打たれる。トゥイちゃんは18歳。彼女は言う。

「大学に入るまで……。たぶん大学卒業までは国に帰らないでしょう」


（岩手日報「ばん茶せん茶」平成26年4月）

春夜

蘇軾（1036～1101）の詩、「春夜」は詠う。

春宵一刻値千金　花有清香月有陰

春の夜は趣が深く、ひとときが千金に値するほどだ。花は清らかな香りがただよい、月は朧にかすんでいる。

時を金銭に換算した第一句、「一刻値千金」の表現が人の心をひきつけ、日本の文学にも大きな影響を与えた。第一句だけが独り歩きをしているが、それが真理であるからだ。

年を重ねると、自分はあと何年生きるのか、それまでにやっておくべきことは何かを考えたりする。日々を大切にしなければならないとも思う。

だが、考えたくない思いがどこかにあり、じたばたしてもしようがないと、あきらめのようなものもある。なかなか思うようにはならないものだから、つい、いつもだらだらと過ごしてしまう。

自分はそうだが、そうでない人間もいる。

早目に家業を畳んで山麓の別荘のような家に移り住んだ友人が、今、子どもたちに迷惑をかけずに、最後まで住めるマンションを探している。病院があり、薬局とコンビニがある。介護者がいて食事を提供してくれる。そんなマンションだという。家業から手を引く時もそうだったが、彼の心がけと計画性は立派なものである。

だが、奥さんの同意が得られていないと言う。彼の妻は、施設のようなところに入ると世界が狭くなって息がつまりそうだと言っているというのだ。

どこで暮らすかも大切なことではある。だが、最も重要なことは、老後をどのように過ごすか、だろう。肝心なそのイメージが奥さんと合っていないのだ。

それに比べて自分は、まだ何もない。早くに家内を亡くしてひとり暮らしである。ひとり娘は東京だから、「その時」をどうしようとは考える。

だが、老後をどう過ごすかと聞かれると、庭の手入れをしながら好きな文章を綴り、知人と地域の人とは適当に付き合って過ごそうか。思い浮かぶのはそのぐらいで、漠としている。どちらかと言えば「どうにかなる」に近い。


帰りぎわに彼が言った。

「そろそろ考えておいた方がいいぞ」

そのことばがいつまでも残る。

一刻、一日が大切なのも分かる。だが、なかなかそうはいかない。何をどう考え、何から手をつければよいのかさっぱり分からない。つい、成り行きにまかせて過ごすのも気楽で悪くないと思ったりしてしまうが、それも悔いが残りそうである。


（機関紙「春の風」平成26年4月号）

希望の星

昨年、白寿を祝ったときに、「百まで生きているか分からん」と言っていた父が、八月十七日に百歳の誕生日を迎えた。

その日、子、孫、ひ孫らで、私の恩師が経営するレストランでお祝いをした。店の計らいで、食膳に紅白のまんじゅうが添えられ、恩師夫妻のメッセージが届いていた。

メッセージには、100歳になっても元気な父を「私たちの『希望の星』です」の趣旨が書かれていた。会の途中で、妹がそのメッセージを読み上げ、通訳するように父の耳元で姉が復唱した。父は、そのたびに照れくさそうに笑って頷いていた。

耳が遠くなったことと、足腰が弱っていることをのぞけば、いたって元気な父である。

それでも、思うようにならない自分にいらだち、「長生きも良いことばかりでない。人に迷惑ばかりかけている」ともらす。交代で泊りこむ姉や妹たちを気遣ってのことだろうが、そのたびに、「これぐらいは、迷惑のうちに入らない」と言い返す。だが、案外それは父の本音かもしれない。

人は漠然とだが、長生きをしたいと思っている。それには「元気で」の条件がつく。長生きが良いことばかりではないと言うが、自分が他人に迷惑をかけていると思えるのもまた、元気な証拠なのである。それを具備した１００歳は、誰でもそうありたいと願っていることだ。その願いを父に重ねて、『希望の星』と思ってもらえるならば、長生きもよい。長生きは、大なり小なり人様に迷惑をかけていくものなのだ。それはしようがないとしても、それを忘れないように謙虚に齢をとっていきたいものである。

１００歳になって、『希望の星』になるのも悪くはないが、私は、せいぜい「希望の灯」あたりまでで、そこまでいければ御の字だ。

（岩手日報『ばん茶せん茶』平成25年8月）

鹿踊り

澄んだ秋空を背に、八頭の鹿（しし）が位置についた。空に立ったササラは動かず、装束が傾きかけた陽に映える。

ここは、紫波地方を一望する山裾にある「野村胡堂・あらえびす記念館」、「キッズフェスティバル　ｉｎ　あらえびす２０１４」（９月13日）の野外ステージだ。これから花巻農業高等学校・鹿踊り部の「春日流鹿踊り」が始まる。

司会の女子部員が演目を紹介し、鹿たちは静かに太鼓をたたき始めた。太鼓の音が強弱をくり返し、いっせいに動き出す。首を振り、太鼓を振る。そのたびにササラがしなる。

演目が「案山子」に変わった。案山子に扮した女子が袖に立つ。気づいた群れは静かになる。一頭がおそるおそる近づいて行く。また一頭。匂いを嗅ぎ、押してみる。安心した鹿は頭で案山子を倒した。観客から笑いが漏れた。戻った鹿はそれを教え、群れは

また踊り出す。踊りは群舞となって躍動する。

宮沢賢治は、この鹿踊りを見て童話「鹿踊りのはじまり」を書き、種山ヶ原の風で髪の毛が逆立つさまを、詩「高原」で詠った。

海だべがど、おら、おもたれば／やっぱり光る山だたぢやい
ホウ／髪毛（かみけ）／風吹けば／鹿（しし）踊りだぢやい

種山ヶ原の高原で舞う鹿踊りはその緑によく映えただろうが、秋空を背にした芝の上でもよく映えていた。演目が終わり、装束の前垂れを鹿頭にたくし上げるが、顔は良く見えない。声をそろえてあいさつをした。それには女性の声が混じっていた。

鹿頭とササラを解いた生徒たちは、声援に見送られて会場を後にする。かけられる声に応える笑顔に汗が光る。

主役が去って、陰りはじめたステージが寂しくなった。ステージの向こうに積乱雲が光り、高い秋空にはたくさんのトンボが泳いでいた。


（岩手日報「ばん茶せん茶」平成26年9月）

秋の季語・柿

柿くへば鐘が鳴るなり法隆寺

そう詠ったのは正岡子規だ。

子規は果物好きで、わけても柿に目がなかった。松山から上京する時に奈良に立ち寄り、宿で柿が食べたくなって注文する。宿の人がむいてくれた柿を次々に平らげる。そのとき鐘が鳴る。子規が、「あの鐘は?」と聞くと宿の人は、「あれは東大寺の鐘です」と答える。

柿を食べながら子規は、葉を落としてたくさんの実をつけた柿の木のある風景を頭に描いたのではないだろうか。東大寺は街の中にある。里山か田舎の風景が頭にある子規は、「柿くへば鐘が鳴るなり東大寺」では絵にならないと思った。か、どうかは分からないが、いずれ、この時はまだ句にはなっていない。

翌日、子規は人力車で法隆寺を訪ね、ここの茶屋でも柿を食べる。秋10月、田舎にある法隆寺で鐘の音を聞く。

写生を旨とする子規には、昨夜のイメージとぴたりと合ってこの句ができた。

この句が載ったのは、1895（明治28）年11月8日の『海南新聞』である。

鐘つけば銀杏散るなり建長寺

2か月前の9月6日、同じ新聞に夏目漱石の句が載った。子規と漱石は仲が良かったから、新聞を読んだ子規はこの句を意識していただろう。それで、あの「柿くへば……」の句が生まれたとしても、考え過ぎではないだろう。

どちらも舞台は寺と鐘の音なのだが、その違いは何なのだろうか。

それは視点と焦点の違いのような気がする。漱石の句は銀杏の散るさまに焦点を合わせているが、そのため広がりがなく平凡な句にも思える。子規のそれにはまず驚きがあり、焦点ではなく視点がある。柿、法隆寺、鐘の音。読者が想像し、見えてくる光景は人さまざまだろう。それだけ広がりのある句と言える。与謝蕪村の句にもその傾向を見ることができる。

里古（ふ）りて柿の木もたぬ家もなし

これは芭蕉の句だ。古いこの里には、どこの家にも柿の木がある、と詠んでいる。一見平凡な句にも思えるが、切って捨てられない何かが残る。「里古りて」には、どの家も何代も続いている民家のたたずまいを感じ、「柿の木もたぬ」には、幸せに暮らしている雰囲気が漂う。「家もなし」には、うらやましさがにじむ。

こんなところに住みたいという芭蕉のあこがれの句である。

（松園新聞『1000字の散歩3』平成26年10月号）

喪中はがき

今年も喪中はがきが届いている。十一月初めから届き始め、後半に入ると多くなった。同年代の多くは父か母を亡くしている。兄や姉、弟を亡くしている人もいた。

このはがきが届き始めると、そろそろ年賀状の準備をしなければと思うようになる。私は十年近く旧暦で出状しているから急ぎはしないが、それでも気になる。

年賀状の習慣は明治時代に始まったが、いっきに広まったのが1949（昭和24）年のことである。この年の12月に「お年玉年賀はがき」が発売され、その爆発的ヒットによる。「喪中ハガキ」は大正に入ってから始まり、広まったのは昭和初期らしいが、一般家庭に普及

したのは昭和三十年代からで、そう古い習慣ではない。

親族が亡くなったとき身内は喪に服す。その期間は江戸時代に定められた「服忌（ぶっき）令」が基準なそうだ。「忌」は祀りに専念する期間で五十日。「服」は哀悼の気持ちを表す期間で、父母の場合十三か月であった。それが、一周忌までとなり、その期間に正月が入るから年賀欠礼の挨拶となったのである。


「喪に服していますので、年賀の挨拶は失礼します」


と、相手からの挨拶状だから、こちらから賀状を出してもそんな失礼にもならないと聞いたことがあるが、こちらからの賀状は礼儀として控えるべきであろう。

そう思っていても礼儀を欠くことがある。私は、そのはがきだけを机の上に置いて、宛名書きのときに注意している。だが、過去に台所の状差しだったり、他の手紙と一緒にしていたりして見逃してしまい、賀状を投函してからそれを見つけて、失礼したことが何度かある。

八年ほど前、おふくろが亡くなった年にこのハガキを出した。

喪中だからしかたがないと思っていても、やはり賀状のない正月は寂しいものである。

それでも案内した相手から賀状がパラパラと届いた。（失礼な）などとは思わなかった。逆に、相手が自分と同じようなことをやったとほほえましくもあり、ささやかな正月気分を届けてくれて、うれしくさえ思ったものである。

喪中ハガキの主は、今度の正月をどんな思いで過ごすのだろう。

（機関紙「春の風」　平成26年12月号）

母への10行

本棚を整理していて、「あれッ」と思うことがある。買った記憶も読んだこともない本がたまに見つかるのだ。

「母への10行」という本がそうだった。１００ページ足らずの小さな本だから、後で読もうとしているうちに紛れてしまっていたのだろう。

本は、詩「10行でつづる母への想い」実行委員会が編纂、鶴書院が発行したもので第１版発行が２０１１年5月25日とある。たぶん大震災後間もなく書店で手にしたのか、何かで書評を読んで買ったものだ。

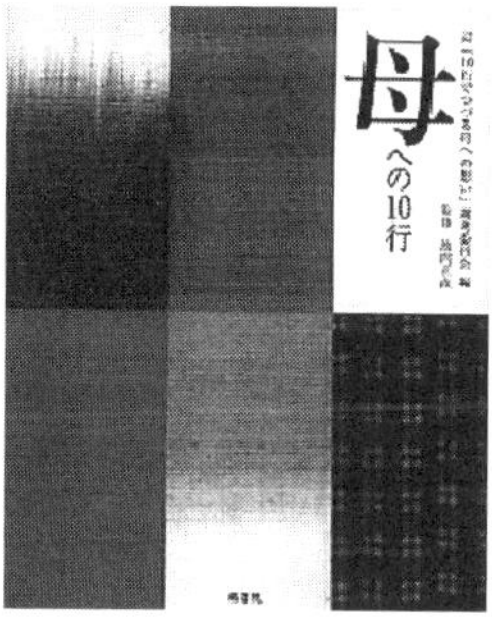

帯に、「……期せずして災害のあとに刊行されることにある種の運命的なものを感じます。被災者の方たちの傷ついた心に、この詩集が一滴の『潤い』になることを願ってやみ

ません」とある。
読み出したら止まらない。59編の詩だからすぐに読み終えるのだが、2度読みし、3度目に好きな何篇かを拾い読みした。

「私が3つの時に死んでしまったの」
母が　ある日言いました
「母さん　頑張っておばあちゃんの分も長生きしてね」
私と妹は　何度も何度も言いました
妹が三十九歳で逝きました
「母さん　頑張って二人の分も長生きしてね」
私は一人で何度も何度も言いました
母は九十六歳で逝きました
「母さん　よく頑張ったね　きっと二人が待っているよ」
私は母の耳に口を寄せて　何度も何度も言いました

「何度も何度も言いました」広瀬玲子・福岡

読むと、どの作品からも母に対する純真な思いが伝わってくる。

邪気のない詩だから小学校低学年の作かと錯覚するが、作者の年齢をみると半数が60歳以上で、この詩の作者は70歳である。

ほとんどが母を亡くしてからの詩だ。生前ではこんな詩が生まれないのかもしれない。亡くして初めて素直にことばで吐露できる思いなのだろう。母とは、自分の存在そのものであり、重い歳月を背負った女性である。

母と子の間柄は、「悲しい」、「哀しい」、「愛しい」など、どんなことばでも意味が通う関係でもある。母への熱い想いが名文家を作り出している。

十一月に入ってから喪中ハガキが届くようになった。そのなかにも、母を亡くした何人かがいる。


（松園新聞『1000字の散歩5』平成26年12月号）

略語大国日本

『私は文章をＰＣで書く。ときどきデジカメの写真やイラストをメールに添付して送る。車は四駆で、カーナビとＥＴＣがつき車検まであと一年だ。民放のＴＶでは、女子アナが公選法のニュースを読んでいる。私の携帯はスマホではない』

思いつく略語を使って脈絡のない文章を作ってみた。これだけの文章に13の略語が入っている。ずいぶんあるものである。さほど違和感がないのは、みな通用することばになっているからだ。これらの略語を正確に記したらどうだろうか。長ったらしくて、しまらない文章になってしまいそうだ。

今や、「泥縄」や「どたキャン」、「藪ヘビ」などが辞書にあるぐらいだ。すでに日本は

略語大国である。そのうち、若者が使っている、「イチキタ（一時帰宅）や「オシャカワ（おしゃれでかわいい）」、「フロリダ（風呂に入るから離脱・帰る）」も辞書に載るかもしれない。

日本人の書いた小説と比べ、海外の小説を読むと、くどくどと長い文章に辟易することがある。日本人のリズムのある読みやすい文章に慣れているからだろう。主語や経過を省略した日本独特の短歌や俳句、川柳などの表現文化の中で、略語もその文化のひとつになっているようにも思える。

昔から略語はあった。喜劇王・榎本健一をエノケン、時代劇俳優・嵐寛寿郎をアラカンと呼び、近年では、ゴクミ、ゴマキ、モー娘と呼ぶ。これらは愛称のようなものである。有名な企業名もそうだ。従来の社名だった東洋レーヨンが「東レ」、東京芝浦電気が「東芝」、鐘淵紡績が「カネボウ」、日本冷蔵が「ニチレイ」に変えている。ペットネームのように親しみやすく覚えやすくと略称を社名にしたのだ。

ときに、日本の略語や略称は本質を隠し、歪めてしまう。

リストラは首切りの意だけで使うし、モラハラも分かった気で使ってしまう。「国民投票法」と呼べば、民意を反映させる法律のようだが、本質は「憲法改正手続法」である。

集団的自衛権行使を可能にする武力攻撃事態法改正など、10の法改正案を一括して「平和安全法制整備法案」と略す。国際紛争に対処する他国軍の後方支援を随時可能とする新法を、「国際平和支援法案」と呼ぶ。はたしてこれが本質を表しているだろうか。

外国での略語は、単語の頭文字をとって略すが、それ自体意味を持たない。日本のそれは漢字1字にも意味があるから、略語や略称自体にも意味をもってしまうのだ。

「あら、またガラケーにしたの?」

携帯を変えたとき言われた。ガラパゴス・ケータイの略なそうだ。

日本独自の進化を遂げた日本の携帯電話を、ガラパゴス諸島の生物にたとえてそう呼ぶと、そのとき知った。本質はそうだろう。だが、語感では、ものすごく時代遅れと言われているような気がした。

略語は、本質を表し、分かりやすくスマートでなくてはいけない。

(盛岡タイムス「杜陵随想」 平成27年6月)

夾竹桃（きょうちくとう）

かつて福山市（広島県）に4年住んでいた。福山市は「バラの街」と言うだけあって、街には年中さまざまな花があふれていた。あちこちの垣根に背の高い樹があり、夏になるとその上にたくさんの花をつけた。夾竹桃である。

この樹は東北南部が北限らしく、岩手では見かけなかった。私が知ったのは東京勤務になったときである。社宅近くの神社にそれがあった。花は桃に、葉は竹に似ているからそう呼ばれるようだが、濃い緑のうっそうとした樹形の上に舟のスクリューに似た花をつけていた。

「この花、吐き気がするほど嫌いなんです」

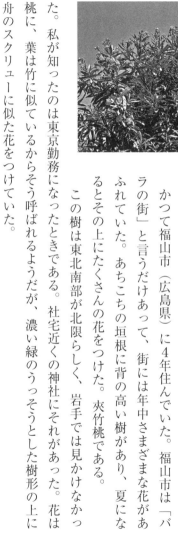

転勤した広島で、職場の同僚が言った。たしかに、私でも真夏に咲くさまは暑苦しささえ覚えて、あまり好きな花ではなかった。だが、吐き気をもよおすほどだとは尋常でない。聞くと、この花を見ると原爆投下の日を思い出すと言う。彼は投下の瞬間、閃光で夾竹桃の花がしおれていくさまを見た。この花を見ると、そのときの恐ろしさを思い出して、できれば目にしたくない花だと言うのだ。この花、原爆投下後の広島市でいち早く開花し、復興のシンボルとして昭和48年に広島の花に制定された。これにも彼は不満のようだった。
彼の話を聞いて私はむかし見た映画のシーンを思い出していた。10歳ぐらいの時だったろうか、暗幕を張った小学校の講堂で観た映画であった。映画は、「原爆の子」か「ひろしま」のどちらかだと思うが、映画が始まって間もなく、ひまわりの花が閃光でしおれ、爆風でなぎ倒されるシーンがあった。彼は夾竹桃のそれを実際に見たのだ。

彼は私より2つ3つ年上だから5歳か6歳のときだったろう。その話を聞いたとき、5、6歳の記憶がそんなに鮮明に残っているものだろうか、そうだとしても少しおおげさに話しているのではないかと思った。その後、何度も被爆者の話を直接聞く機会があって、誰でも記憶は鮮明で心の奥底になにかを閉じ込めて生きていることがよく分かった。

福山に赴任したのは１９８８（昭和63）年４月だから、原爆投下から40年以上も経っている。なのに、まだ彼の心を苛（さいな）んでいたのだ。この思いは、東日本大震災の津波で破壊された建物を記念碑として残したくない被災者の心情と同じなのだろう。

また暑い夏が来て、吐き気がするほど嫌いな夾竹桃が咲く。あれから会ってはいないが、彼の心は今も癒えてはいないだろう。

（機関紙「春の風」平成27年7月号）

賢治と南昌山

6月22日（月）は夏至であった。午後6時22分。沈む太陽が、南昌山（岩手県雫石町と矢巾町との境。標高848m）の左肩にかかった。カメラのシャッター音が鳴り、集まった人たちから声が上がった。私は、宮沢賢治の親友だった藤原健次郎の生家（矢巾町）近くの路上で、みんなとその光景を見つめていた。

14年前、健次郎の生家から1冊のノートが見つかった。賢治が盛岡中学1年のとき、ひとつ年上の健次郎が寮で同室になり、休みの日は健次郎の家でよく遊んだ。そのとき置いていったものだろう。ノートには健次郎宅で飼われていたニワトリの絵や自分の将来像な

【南昌山に沈む夏至の太陽】
平成27年6月22日（月）午後6時22分
藤原健次郎生家から筆者撮影

どの落書きもある。

筆跡鑑定の結果、書かれたものが全て賢治のものであることが判明した。今日が、その報告とお披露目の日であった。


賢治はなんども健次郎と一緒に南昌山に登った。ふたりは山頂に野宿して銀河宇宙を眺めた。童話「銀河鉄道の夜」は、ケンタウル祭（夏至を祝う日）の物語である。天気輪の前で眠り落ちて銀河鉄道に乗るのだが、天気輪とした石柱群も南昌山の山頂にある。この山は蛍でも有名である。「蛍のように、ぺかぺか消えたりともったりしているのを見ました」と表すヒメ蛍も、そのころ飛び交っていたはずだ。

南昌山のスケッチに、「岩鐘の／きわだちくらき／肩に来て／夕の雲は／銀の挨拶」の句を書いている。南昌山を「岩鐘」と呼んでいた彼は、ツリガネソウを連想、その学名がカンパニュラ。童話の副主人公をカンパネルラとしたとしても、賢治の想像力からすれば難くない。

健次郎は野球選手で背が高かった。大舘中学校との試合が終わり、次の試合のため黒沢尻まで雨の中を徒歩で帰る。その疲れがもとで病死するのだが、賢治は兄と慕っていた健次郎を、「列車に乗ってきた、濡れたようにまっ黒な上着を着た背の高い子」、カンパネルラとして登場させる。

物語には、健次郎の亡くなった母も、博士と呼ばれる父も登場する。

黒い南昌山の上に、沈む太陽が輝く。

賢治を語る会の会長・松本隆氏は、この光景を描いたとする「日輪と山」のパネルを指して、「これ、これ」と見せてまわる。氏はその著書で、「銀河鉄道の夜」の舞台は南昌山だと、20の論考を記している。そのひとつひとつ腑に落ちる。

「見ろよ、賢治。夏至の太陽が沈むぞ」

「ああ、すばらしい」

健次郎と賢治は、さっき登ってきた南昌山に沈む太陽を眺めながら、そんな会話を交わしたにちがいない。

たたずむ若きふたりを、暮れゆく陽光が包む。

（岩手日報「ばん茶せん茶」平成27年6月）

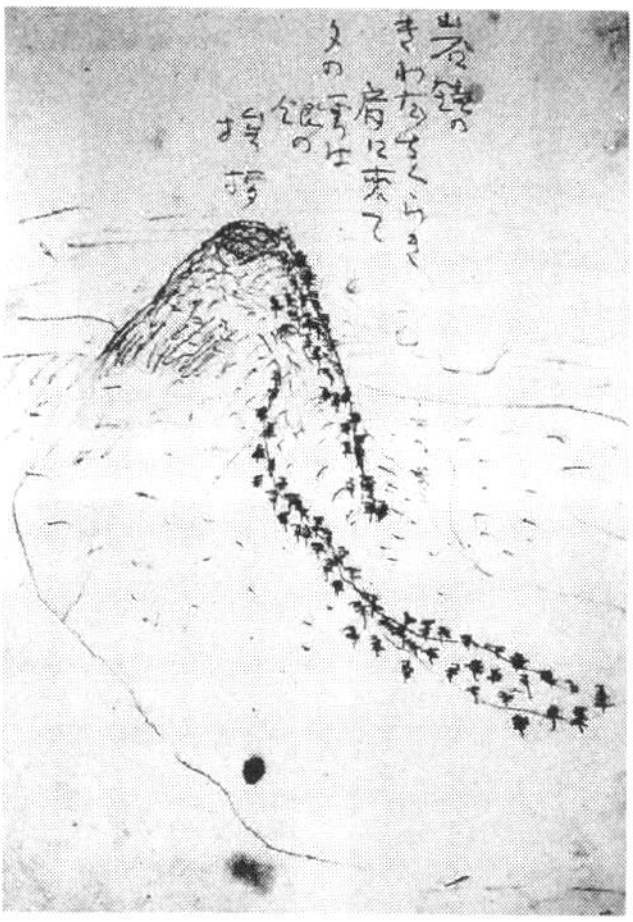

【宮沢賢治の南昌山のスケッチ】

【松本隆著「新考察『銀河鉄道の夜』誕生の舞台」】

【カンパニュラ、風鈴草、Campanula, Bell flower】

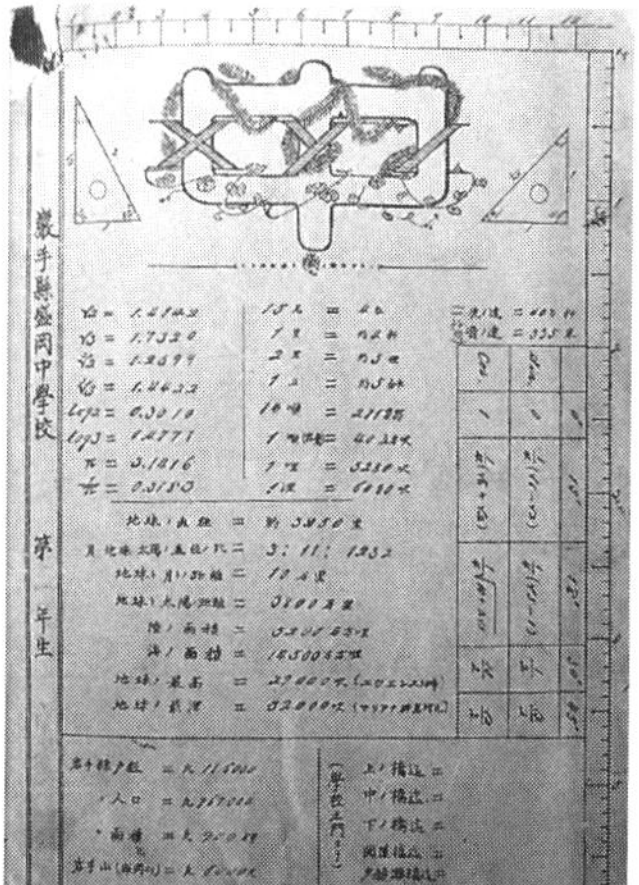

【見つかった宮沢賢治のノート】

答案より人物

――龍澤学館創設者・龍澤福美先生のこと――

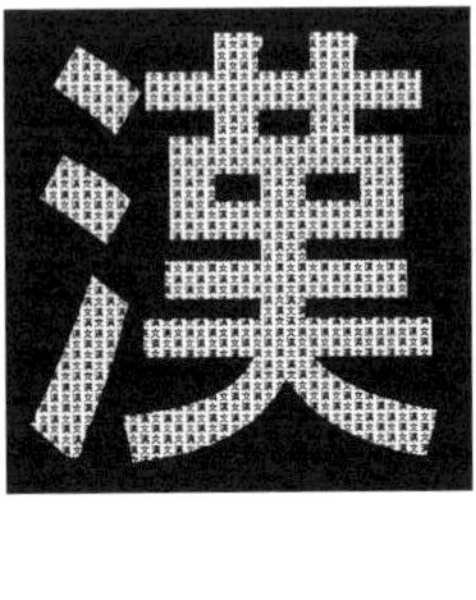

私は、１９５８（昭和33）年に志和村（現・紫波町）から盛岡一高に入り、龍澤福美先生から漢文を教わった。先生は一年後に退職されたから、私たちが最後の生徒ということになる。

私が漢文を習ったのは、後にも先にもその一年間だけで、返り点、一二三点、上中下点などを覚えたのもその時だ。これがあると少しは読めるかもしれないが、なければ漢字一文字一文字とその並びから、おぼろげな意味をつかめるかどうかだ。今の学力はそんな程度なのだ。漢文や漢詩に接する機会がほとんどなかったからでもあるが、あまり勉強しなかったせいである。

授業を思い出してみる。席がいちばん前だったから、いつもすぐ目の前に先生がいた。先生は教室に入り、生徒がまだ集中していない時でも静かに授業を始めた。終わると静かに出て行った。だが授業では、朗々と漢詩を詠い、とうとうとその詩の背景と解釈を述べた。私はその解釈などより、詩に酔ったような先生の語り口を楽しく聞いたものである。「この辺りはよく試験に出るな」最後にぼそりと小声でつぶやいた。そのつぶやきは私の席にはよく届いた。

高校の授業には試験がつきものだ。その試験と採点にまつわる話がある。

「頑張って100点を取ると、それからはいつも満点がもらえるぞ」

「ほんとかい」「俺はずっと、100点もらっている」

そんな話がささやかれた。彼は一度100点取ったからその後もそうだったのか、実際に満点の答案だったのか、その真偽は分からない。満点をとってからの授業はまじめに受けたと言っているから、後者なのかもしれない。

「階段の上から答案用紙を投げ、一番遠くに飛んだ答案を100点にするそうだ」そんな話もあった。「うそだろ」「いや、俺は先生から直接聞いた」彼は真顔だった。

テストの結果はどうでもいいとは思わなかったが、それほど重要視していない先生だとは思ったものだ。だから、授業は気軽と言えば気軽だった。「楽しかった」「話しがおもしろかった」と、クラス会などで話が出るから、たぶん他の生徒も同じだったろう。
漢文は気軽な授業。その時はそう思って過ごしたが、今考えると先生は、こういってい
るような気がする。
「テストの結果はあまり意味がありませんよ。一度でも１００点を取ろうと努力すること
が大切なのですよ」
それが、教えるより育てるという先生の教師哲学ではなかったろうか。
57年前の授業である。私のテスト結果は全く記憶にない。１００点をもらっていれば覚
えているだろうから、それはなかったということだろう。私はやはり良い生徒ではなかっ
たのだ。
授業は多くなかったが、今も目の前の先生が見える。ダブルのスーツに身を包んだ恰幅
のよい先生が、大人（たいじん）の風格を持ってぼんやり見える。
どう目を凝らしても、曇りガラスを通して見ているような光景である。

（平成27年7月「風車のごとく」―龍澤福美・トヨ夫妻評伝―）

風の三郎

田んぼの稲穂が垂れ始めた。実りの秋、到来である。

実りの脅威は台風だ。台風が襲ってくるのは立春から数えて210日目、9月1日ごろだった。この時季は、稲が開花して結実する大事なときであったから、農家はその日を「二百十日」、10日後を「二百二十日」と呼んで厄日としてきた。

風は「風の神」が起こすものだと昔の人々は信じていた。古事記や日本書紀にもこの神が登場する。「風の神」は雲を運び、雨をもたらし、作物を育てる。だが大風は作物を脅かし、人の命も奪う。人は、農作物を風雨の被害から守るために、風鎮めの儀式「風祭り」「風祈祷」「風日待ち」などの行事を行い、祈った。風の神を祀る龍田大社（奈良県）の風神祭りが有名であるが、九月一日から三日にかけて、富山県八尾町で行われる有名な「風

【長野県中川村の神社】

の盆」も、暴風を吹かせる悪霊を踊りにのせて送りだす風祭りである。

「三郎風」とは、八ヶ岳おろしの別称である。甲斐国史（1814年）に八ヶ岳に風ノ三郎ガ岳があったと記されている。だが現在、この山がどの山であったかは定かではない。しかし、暴風雨除けの「風の三郎社」が、風切りの里と呼ばれる北杜市（山梨県）清里樫山地区に残っている。雨乞いをする「八ヶ岳権現社」、晴天を祈願する「日吉神社」と合わせて、米を紙に包んで奉納する三社参りという神事が終戦のころまで行われていたという。

風の三郎伝説は、山梨・長野・福島・新潟などにある。いずれも二百十日などの風水害から農作物を守り、五穀豊穣を願う信仰で、「風の三郎」を祀る神社も各地に残っている。

「風の三郎」と聞けば、宮沢賢治作品の「風の又三郎」が思い浮かぶ。この物語の下敷きとなる前作の「風野又三郎」は、「二百十日」の日から「二百二十日」までの10日間の物語である。この作品の九月四日の章にこんなくだりがある。

『甲州ではじめた時なんかね、はじめ僕が八ヶ岳の麓の野原で休んでたろう。曇った日でねえ、すると向こうの低い野原だけに一日、日が照っていてね、……中略……下に富士川の白い帯を見てかけて行った』

賢治は山梨県を訪れたことがない。八ヶ岳と富士川の名が出てくるのは、盛岡高等農林（現岩手大学農学部）の寮で同室であった保坂嘉内（山梨県韮崎市（旧駒井村）出身）から いろんな話を聞いて知っていたからであろう。「三郎風」や「風の三郎伝説」もそのとき聞いているはずである。そこから「風の又三郎」の名が浮かんだとしてもおかしくない。

台風の発生時季が早まり、個数も増えてきている現代、「二百十日」もあまりあてにはならなくなった。だが、この日が過ぎて秋祭りが終わると空はますます高く澄み、掃いたようなすじ雲が流れる。そして、涼風が吹いて虫の音が届く。そんな秋本番がもうすぐである。

（機関紙「春の風」平成27年9月号）

【岩手県・種山高原の「風の又三郎」モニュメント】

移りゆく季節

初霜、初氷、氷点下。そんな文字が新聞の記事に載った。あっという間に秋が終わり、冬に向かう季節の変わり目である。

彼岸花が咲き始めるともう夏は終わりで、金木犀が咲き始めると秋だと思う。サンマが出回り、キノコや柿が出回ると実りの秋を実感する。ミカンが店に並び、年賀状が売り出されると気ぜわしくなる。季節の変わり目を何で感じ取るかは、人さまざまであろう。

人には五感がある。季節の変わり目を真っ先に感じ取るのはどの感覚だろう。温かい日が続くと肌の「触覚」で春を感じ、入道雲が現れると、「視覚」で夏が来たと悟る。空気が澄んで空が高く感じるのも、木の葉が色づき始めて秋を実感するのも「視覚」だが、

少しの風でハラハラと落ちる落葉のかすかな音で晩秋を感じ、木枯らしの音で冬到来を知るのは「聴覚」である。

むかし、田起こしの前に田んぼにまいた堆肥が匂って、それが春の匂いだった。土の匂いで季節を感じる人もいるだろう。畑から採ってきた初ものの野菜を食べたときに季節を感じる人もいるだろう。いずれ人は季節の変わり目を、五感で感じ取っている。

五感のうち先に失うのは脳から遠い、「触覚」なそうだ。血液が良く回らないとすぐに麻痺する。冬山で遭難して、手足の感覚が麻痺する話はよく聞く。次は「視覚」だと言う。視覚は複雑でエネルギーを要する器官だからだ。疲れると目を閉じてしまうのは、そのためなのだろう。

次が嗅覚と味覚で、嗅覚は脳に与える刺激は強いが麻痺しやすい感覚なそうだ。味覚は人の生死を左右してきた繊細な器官で、これも失いやすいという。繊細な味が分からなくなるのは要注意か。

もっとも頑丈で失い難いのは「聴覚」である。音の振動を信号で脳に伝えるだけで、比較的単純な器官だからだそうだ。確かめようがないが、意識がなくなった人のそばで話すと、その話はちゃんと聞こえているというが、そうかもしれない。

「五体満足」というが、「五感満足」とはなぜ言わないのだろう。自分の五感が衰えて、しだいに「五感不満足」になりつつある。人が暑いと言うのに寒い。食の味に感動もせず、臭いには鈍感。読書は目が疲れて長続きしないし、耳も遠くなった気がする。

老化で、すべてが退化するわけでもあるまい。研ぎ続ければ鋭くなる感覚もあるだろう。研いで鋭くなる感覚は何で、どうすればよいのだろうか。

移ろう季節を、いつまでも五感で感じていたいものである。


（機関紙「春の風」平成27年11月号）

神の視点

父は、72歳の私を「兄さん」と呼ぶ。妹たちは名前で呼ぶが、姉は「姉ちゃん」である。われわれ兄妹は、父を「おじいちゃん」と呼ぶ。亡くなった家内は、私を「お父さん」と呼んでいた。

考えてみれば呼び方が変である。欧米ではこんな呼び方はしないが、日本ならどこにでもあることだ。この呼び方は、赤ん坊からみた呼び方なのである。

「子はかすがい」とも言う。子どもへの愛着ゆえに男女のきずながより強くなるということであるだろうが、見知らぬ男女に「縁」があって夫婦になり、子どもができて初めて「縁

がつながった」ということになる。赤ん坊は「縁がつながった」象徴で、夫婦はそのつながりを実感するから子は「かすがい」になるのだ。

「縁」とは不思議なことばである。『縁とは人と人との関係から、または人と人との仲介から、たまたま出現する神秘的事象である』と、多田道太郎（フランス文学者・2007年没）は言う。そして、『人の背後にあるのは、社会であり究極は自然である』との趣旨を言っている。

「縁」ということばを婚礼の席でよく聞く。「このたび、新郎新婦はご縁があって……」と仲人がふたりを紹介し、「新郎が転勤で私の職場に来られ、それが縁で……」と上司が祝辞を述べる。仲人は二人の仲介役であるとは近代の考え方である。もともとは、ふたりの縁を取りもった「縁結びの神」の象徴であり代わりであったのだ。頼まれ仲人であっても、それは神の代役なのである。

日本人には、人は社会とつながり自然とつながっているという世界観がある。

映画やテレビドラマに、ふたりで星空や月を見上げるシーンが出てきて、それが付き合いを深めるきっかけだったりする。観客は、ふたりで月を眺めたのが「縁」だったと自然に受け止める。出会いが、旅行先だったり、ちょっとした出来事に居あわせたり、たまたま職場であったりもする。きっかけがどの場面にしろ、自然や社会が介在し、つながっていると考える。その「つながり」を総じて「縁」として大事にする。

婚礼で「幾久しく」と言うのは、この「縁」がいつまでも続くことを願って言うことばであり、「袖振り合うも多生の縁」とは、そんな「つながり」を大事にせよということである。そう考えれば、縁はいつも「異なもの」で「味なもの」なのだ。

日本人はよく赤ん坊の視点からその人を呼ぶ。

赤ん坊は無垢で邪気がない。赤ん坊は「自然」そのものである。赤ん坊の視点から、自分の息子を「兄さん」と呼び、夫を「お父さん」と呼ぶのは、すなわち「自然」の視点から見た呼び名である。

その視点は、「神の視点」といってもいいのかもしれない。

（松園新聞『1000字の散歩17』平成27年12月号）

顔の記憶

ある祝賀会で、若い女性から会釈をされた。初対面ではない会釈で、見覚えがあった。だが、思い出せない。

「どこかで会っていますか?」

気になって聞いた。

「2か月前の会合で……」

そう言われて思い出した。あのときの講座で、前列の左端のテーブルに座った女子学生だった。顔は覚えていても、その人を知らない。このようなことは間々あり、とまどったり失礼したりする。

人は、主に顔の特徴で記憶するが、表情も同じくらい重要である。表情が豊かでなけれ

ばなかなか覚えてもらえないと思った方が良いだろう。

赤ちゃんも目や口、鼻と眉毛の配置、その動きを見て顔を覚え、顔の「基準」がつくられていくそうだ。もちろん、まずお母さんとお父さんがその基準になる。赤ちゃんが人見知りをするようになるのは、その基準がつくられて人を区別できるようになったからである。その「基準」外の顔が現れると、嫌がったり泣いたりする。おばあちゃんがいる家庭の赤ちゃんが、他のおばあちゃんを見ても泣かないのはそのためである。

覚えるのは目鼻立ちと動きと言ったが、動き（表情）のない顔には恐怖を感じるらしい。幽霊や恐怖映画で表情のない顔が出てくると、大人でも気味が悪くて怖い。赤ちゃんに仏頂面は怖がらせるだけである。

人は何百人もの顔を記憶している。社交的な人や、人と会う仕事をしている人はもっと多いだろう。

だが、脳は覚える必要があるか否かを瞬時に判断しているそうだ。欧米人はまず髪と目の色から記憶するが、それに違いのない日本や中国人の顔を見分けるのはまず無理だ。日本人は、黒人や欧米人の顔を覚えることが苦手である。今までの学習から覚える必要がないと脳が判断しているせいである。

ホテルのドアマンが、数年前に宿泊した自分を覚えてくれていたと感激した話はよく聞く。動物園の飼育係は、サルの群れの個体を全て識別し、どれとどれが親子で兄弟かも分かっているそうだ。牛や馬を飼っている牧場主でもそうだろう。その気がない者には人間も動物も顔はみな同じに見えるのだ。

「会った人」だけでは覚えないものである。名刺を渡しても、それを見ずにすぐにしまい込む人がいる。たぶんその人はすぐに私を忘れてしまうだろう。

「お名前はなんとお読みするのですか」と聞き、「いい名前ですね」と会話するだけでも、その人を記憶するものである。


たくさんの人を知るということは、世界が広がり心も豊かになる。顔と名前を覚えるのはとても大事なことだ。

くだんの彼女は、もう忘れることはないだろう。


（松園新聞『1000字の散歩18』平成28年1月号）

人間はすごい

交番や街角に、指名手配犯の写真が載ったポスターを見かける。載っている写真はそうとう古いものばかりだが、はたして人はその顔を覚えて街のなかから探し出せるものだろうか。

それでも市民の通報によって犯人が逮捕されたとよく聞く。だが、犯人を見かけて通報してくることはまずないそうだ。ほとんどは、犯人を見知った市民が、たまたまポスターを見て気がつき、通報したというものだ。

電車の中で、テレビでよく出ている俳優が目の前に座っていても気がつかない。パーティで気軽に話しかけられた人が、誰なのかすぐに思い出せない。街で会った人に挨拶さ

れ、思い出せずに悩んだりする。テレビの中で知っている俳優は、テレビの中だけの記憶である。気軽に話しかけられた人が重要な取引先の社長であっても、その人の記憶は仕事の中にとどまっている。だから、場所が変わると、とっさに出てこないのだ。いつもスーツ姿のときに会っていた人が、ラフな格好でスーパーの中で会った時などもそうだ。

人は数百人を覚えているそうだが、それは、顔だけを記憶しているのではない。生い立ちや生活、目つき、表情、声、しぐさ、会った場所などと一緒に記憶して人物を特定している。人との接点が多ければ多いほど情報も多くなり、記憶はより深くなる。そうなれば、どこで会っても戸惑うことはない。だが、面識だけではそうはいかない。会ったことはありそうだが誰だっけ、となる。

まったく関係のない50人の中から、この人を探して欲しいと10年前の写真を手渡されたとしても、探し出すのには苦労をするだろう。

だが、そのころを知っている人なら簡単なことだ。人間には学習能力がある。幼なじみや親しかった人が歳をとったらこうなるだろうとイメージできる能力だ。だから、10年・20年後、いや30年後だって雑踏のなかですれ違ったときでも、幼なじみやクラスメートならすぐに気がつくのだ。

写真から、知らない人を探し出すプロがいる。捜査員である。彼らは何人もの逃亡犯を追うが、どうして探すのだろうか。彼らは、幼なじみや昔のクラスメートを探すようなものだと言っている。

犯人の出生から犯行までの情報を頭に詰め込み、自分が犯人と幼ななじみになってしまえばどこで見かけても気がつくのだそうだ。素人にはちょっと想像がつかないし、にわかには信じがたい。だが、考えてみればなるほどと思う。

人間は、日々に会った人を生涯にわたって記憶し、関連付けて整理、蓄積し、それをいつでも引き出すことができる。

そんな能力をもっている人間ってすごいと思う。


（機関紙「春の風」平成28年1月号）

話ことば

大勢の前で話すのが苦手である。座談会や小集会ならあまり苦にならないが、大勢の前で改まって話すのが嫌なのだ。機会は多いがいつも逃げ出したくなる。

演壇に立って大勢の前では話していても、それが伝わっているのかどうかが分からない。まずそれが不安だ。硬い話でも軽い冗談を交えても、聴衆は黙ってなんの反応も示さず、視線はいつも冷やかだ。そのときのいたたまれない気持、それもまた嫌なのである。

アメリカやヨーロッパでは、小さいころから自分の考えをまとめ、それを討論の中で主張する訓練を行っている。社会人になってもプレゼンテーションの訓練は徹底して受ける。日本のように、「阿吽の呼吸」や「以心伝心」ではことが運ばない国民性で、個性と主張がないと順応も生きてもいけない社会であるからだ。

日本での「ことば」教育は、「読み」「書き」だけで、「話す」教育はない。文体の基本は教えても話し方の基本は教えない。それが「日本人の話べた」になっていると、何かの本で読んだことがある。街頭インタビューをテレビで見ていると、欧米人の方が圧倒的にうまい受け答えをして、しっかり自分の意見を述べている。

話がうまく、気のきいたことを話す人はいる。それなりの準備をして話しているだろうが、そう言う人たちは、それなりの教養と話の材料を収めた引き出しを持ち、話すコツも心得ているようだ。だから、突然の指名でも難なくこなすものである。長年話す訓練をしてきた人たちであろう。どんな訓練をしてきたのか聞きたいものである。

話すことが仕事と言ってもいいのが政治家である。演説のうまい政治家は、自分の「話体」を持っている。聴衆を話に引き込み、呼びかけ、その反応を見ながらさらに話をすすめる。説得力を持った話術である。

ただ、口から出ることばは文章と違って本音が出やすい。口をすべらした政治家が後で言い訳しても、ことば=言霊である。新約聖書（ヨハネによる福音書・第1章）は、「始めに言葉ありき」、創世は神の言葉（ロゴス）から始まったと言っている。ことばは口先からのみ出るものではない。人間性から教養までが現れる根源的なものなのだ。

文章にはそのひとの「文体」があるように、話すことには「話体」があるはずだ。話のうまい人には、その人なりの特徴がある。まず、分かりやすく聞きやすいが前提となる。何を話しているのか分からない、声が小さくて聞こえないでは、それこそ話にならない。演説口調に話す人、ゆっくり語りかけるように話す人、ユーモアを交えて話す人など、その人の話す特徴が「話体」であろう。

私が人前で話すことに重荷を感じるのは、話の引き出しも貧弱で、自分の「話体」も持っていないからだ。そもそも、「何を話すか」は考えても、どんな口調でどう話すかを深く考えたことがあったろうか。

今さらという気もするが、少しでも自信をもって話ができるよう自分の「話し方」と「話体」を考えてみたいと思う。


（機関紙「春の風」平成28年4月号）

春の農事暦

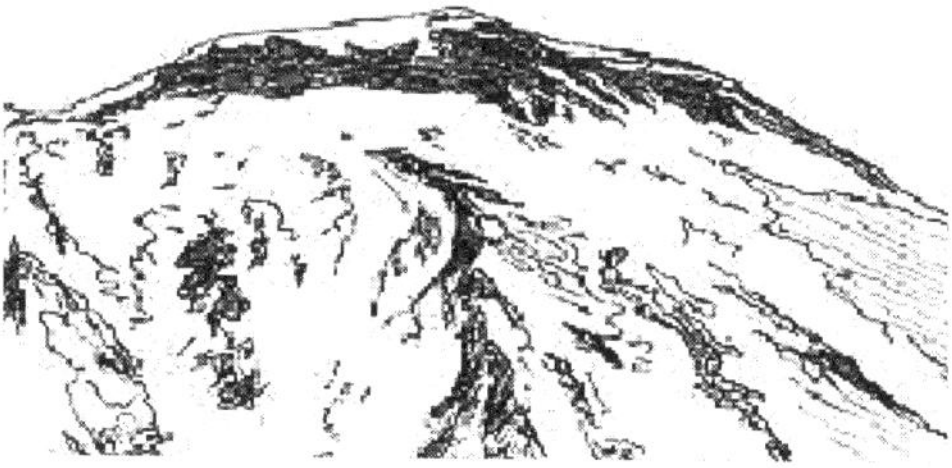

昔の人は、岩手山頂に羽を広げた鷲が現れると農作業の準備を始めた。
コブシの花を「田打ちザクラ」と呼んで、田起こしはこの花が合図であった。サクラが咲くと急いで稲の種籾（もみ）を蒔いた。種をまく頃合いを知らせた「種まきザクラ」と呼ばれる古木が、日本のあちこちにある。
春咲く花は、秋から冬の気温や春先の気象の影響を受け、年によって開花が早かったり遅かったりする。この巾が大きすぎると、農事の暦としては使えない。開花のブレは、梅が40から60日、ツバキは60から１００日もある。サクラは20日程度と短い。花の期間が長くても困る。サクラは開花から満開までが、沖縄・奄美で約16日、九州から関東で7日、北陸から東北で5日、北海道で4日である。北日本ほど花の期間が短い。サクラの花は時期も期間も正確で、農作業の目安としては最適であったのだ。サクラの開花予想は、中央気象台（気象庁の前身）が1928（昭和3）年から発表している。当時この予報は農業関係者だけに伝えていたから、サクラの開花予想は農業のための情報だったのである。

「雪形」とは、雪がとける春の山に現れる残雪模様のことである。岩手山頂に現れる羽を広げた鷲の形も、名前の由来となった白馬岳の「代かき馬」も鳥海山の「種まき爺さん」も農作業開始の合図であった。昔から、この「雪形」を種まきや耕作を始める農事暦として伝承されてきた。農作業と関連する「雪形」は日本に300以上あるという。

自然が相手の農民は、作業のなかで法則らしきものに気がついた。コブシが咲くころか

ら田打ちを始めると頃合いが良く、サクラの花と同時に種籾を蒔くと育ちが良い。検証は世代を越えて続けられ、それに耐えた法則は真理となった。人は、その樹木を「田打ちザクラ」や「種まきザクラ」と呼び、雪形に、「代かき馬」や「種まき爺さん」と名づけて伝えてきた。つい最近までの農作業はそうだった。

空にはうす雲がかかり、平野は春の光があふれて輝く。林のこずえに若葉が萌え、根元にヤマブキの花が咲く。望む山々の木々が芽吹いて色づき始めた山腹がふくらむ。遠くに残雪を乗せた岩手山がかすむ。

とうにコブシは散り、咲き遅れたサクラの花びらが風に舞う。山頂の鷲の雪形も分からなくなった。だが、郊外に農作業の人影はまだない。機械化された今の農業では、昔ほど早く作業を始める必要がないし、その適期はコンピュータが教えてくれるのかもしれない。

人間が自然のなかで学んで得た知恵と、とても人間くさい伝承文化が失われていく。そして、自然と人の距離がまた開く。

（盛岡タイムス「杜陵随想」平成28年5月）

岩手の雪形

出現する山	形（呼び名）	説　明
岩手山	鷲（わし）	
	蓑笠爺（みのかさじい）	鷲の雪解けの姿
駒ヶ岳	駒	苗床つくり開始
湯森山	苗取爺様	田植えの開始
	苗形	田植えの開始
獅子ヶ鼻岳（焼石連邦）	亀ノ子形	農事暦
	苗束三束	農事暦
	とき舟	農事暦
	鴨形	農事暦
	もっこ形	種蒔き
	猫頭	農事暦
横　岳（焼石連邦）	ハル形	登山の目安
	牛形	
	烏帽子形	
経塚山（焼石連邦）	牛形（駒形）	
	鮒頭形	
東焼石山（焼石連邦）	粟穂形	
天竺山（焼石連邦）	種蒔き坊主	苗代の種蒔き
早池峰山	との字	水泳をして良い
束稲山	三ツ雪	旧暦3月3日まで雪が三ヶ所に残れば豊作

【焼石連峰】

焼石連峰
春告げる「ハル」
胆江で田植えピーク

お天気

Ⅱ　鳥たちの歌

三日月

　三日月が好きである。満月は気味が悪いほどヌッと現れるし、頭上のそれは寂しい。上弦の月も下弦のそれも、どこかしまりがなくて趣に欠ける。それらは、風景の中にあってはじめて趣が出てくるが、三日月はそれだけでも絵になる。

　西の空に現れる細く鋭い半円の月は、切れそうな刃物を手にしたとき、何かを切ってみたくなるような怪しい思いにさせる。本体のほとんどを隠し、思わせぶりにほんの少しを見せているところにも引かれる。これは個人の好みで、満月が好きな人も半月が好きな人もいるだろうが、私はなんといっても三日月なのである。

　月の引力によって、潮の満ち引きが生まれているのは良く知られている。その引力が人間にも及んでいるだろうと計算した学者がいたそうだが、無視してよい数値だったようだ。

だが、はたして、潮が動くほどの力が人間にはまったく影響がないと言えるだろうか。

カメやサンゴの産卵は満月の日であるし、満月になると血が騒ぎ、新月には落ち込む人が多いそうだ。満月と新月の近くに出産が多いとも、よく聞く。体内周期やリズムだとしても、どうも月の影響がありそうだ。

昔の人は、死後に人は月に行くと思われてきた。「かぐや姫」や「狼男」の話なども残っている。それらは、月には神秘的な怪しい魅力があるからだろうが、それも月の力が人にも微妙な影響を与えているからではないだろうか。

私が生まれた日の、「月齢」を調べてみた。それは新月の翌日だった。その夜の天候が分からないが、小筆で描いたような、眉月だったはずだ。翌日からは三日月が見えただろう。私が三日月を好きなのは、そのせいかもしれない。亡くなった妻は、ほぼ満月の日に生まれている。聞きそびれたが、聞けば満月が好きだと言っただろうか。

今夜は新月から3日目。晴れていれば三日月が見えるはずだが、外はあいにくの雨だ。

（岩手日報『ばん茶せん茶』平成24年12月）

ススキ

残暑が収まったと思ったら、もうススキの穂が出ている。秋の到来に気づくのがこのススキの穂を見つけたときである。見つけたときに、移る季節の早さに驚く。

9月19日は旧暦8月15日。月を鑑賞する行事、「お月見」の日である。昔は、この日には団子、栗などを膳に盛って縁側にお供えをしたものである。そこにはかならずススキがあって、取ってくるのは子どもの役目だった。今はそんな行事をする家庭が少なくなってはいるのだろうが、スーパーの店でも見かけるからススキを飾る家庭はまだまだ多いということだ。

かつて、ススキはどこにでもあったが、宅地開発や耕地整理で少なくなり、見かけるのは山すその林の側か人手の入っていない道路の脇ぐらいのものである。

私が子どものころは、それを「茅」（かや）と呼んでいた。昔、農家の家は茅葺（かやぶき）だった。厚さ50センチぐらいに積んで葺くから大量の茅が必要になる。そのため各家は刈り取った茅を保管し、葺き替えの家があればそれを持ち寄る「結」の制度があった。近くには茅場（かやば）と呼ばれるススキの草原があったが、戦後まもなくそれも消えた。ススキが消えたのは、茅葺の家がなくなったからでもある。

わが家もかつては茅葺の家だった。小学生に上がるころだったと思うが、屋根の葺き替えがあった。持ち寄った茅の束が庭に積まれ、たくさんの人たちが2、3日かけて葺き替えをしていった。父が大福帳のようなものに、どこから茅を何束、人夫何人と筆で記帳していた記憶がかすかにある。その後、家を建て替えたときに屋根はトタン葺になり、その「借り」を精算していたのも覚えている。

ススキは、株が大きくなるには時間がかかる。初期の草原では丈が低くて姿が見えないが、次第に成長し全体を覆うようになる。それを放置すれば樹木が侵入し、草原は次第に森林へと変る。箱根の仙石原や奈良の若草山の、春先に行う「山焼き」は、ススキの草原を維持するための行事である。

ススキは、有史以前から屋根材に利用されてきた。同時に、日本人の心の中に根付いた植物である。万葉集にはススキ、茅の他に美草（みくさ）とか尾花の名で46首ほど詠まれ、源氏物語や徒然草にもそれは出てくる。

赤みがかった穂はしだいに枯れて白くなり、初冬までその姿を見せる。出たばかりの穂をすかして見える満月も絵になる。草原の枯れたススキが夕日に輝く光景は幻想的である。決して華やかとは言えないススキだが、それに「趣」を見出すのは、日本人ならではの感覚である。


（機関紙「春の風」平成25年9月号）

防災の日

9月1日は、「防災の日」で、この日を含む1週間が「防災週間」である。1923（大正12）年9月1日、関東大震災が発生し、十数万人の死傷者を出した。また、昔から台風が襲ってくると言われている「二百十日」でもある。それにちなんで、1960（昭和35）年に設定された日だ。

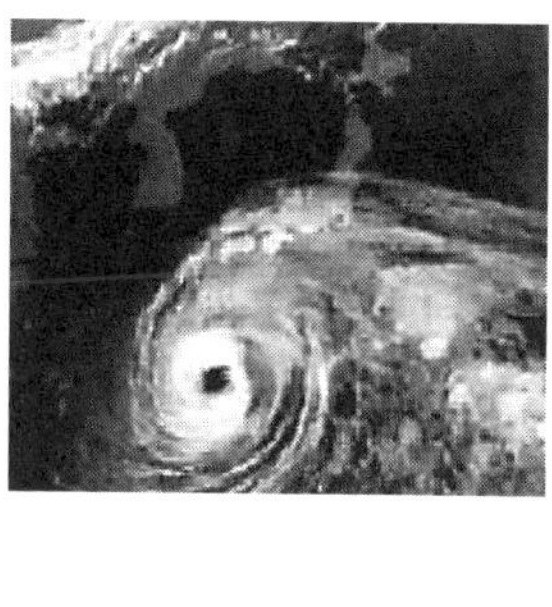

この稿を書いている8月28日、「台風15号が九州を直撃か？」とのニュースをネットが伝えている。ニュースは、『先島諸島では28日夜遅くから29日にかけて猛烈な風が吹き、海上では大しけが続く。予想される最大瞬間風速は先島諸島で50メートル。予想される波の高さは8メートル、沖縄本島地方では5メートルの見込み』だと言う。

波の高さは、2階建か3階建ての高さで、津波のような波の高さだ。風速は10分間の平均風速を言い、その最大が「最大瞬間風速」である。風速50メートルとは、「たいていの木造家屋が倒れる。樹木は根こそぎになる」、そのぐらいの風速である。

1991（平成3）年9月27日（金）午後4時、台風19号（国際名「ミレーレ台風」）が九州佐世保に上陸した。

この台風は、昭和46年の台風23号以来約20年ぶりの大型台風であった。この台風は、その後、山口県をかすめ日本海を北上し28日（土）朝、北海道に再上陸する。そして、オホーツク海に抜けて29日午後3時に温帯低気圧となって消滅する。

私は当時広島に住んでいた。建物に体当たりをするような風が続き、ひさしがうなる。風を切る電線が叫び、吸い上げられるトタン屋根がむせるように鈍い音をたてた。部屋の中に風が吹く。気圧の変化で部屋の空気が流れるのだ。それが、暴れまわる外の風より無気味であった。

この台風、広島での瞬間風速は58・9m。青森でも53・9mを記録している。ほとんど勢力を落とさないまま列島を縦断したことになる。全国に被害をもたらしたが、厳島神社の重要文化財「能舞台」が倒壊し、社殿の桧皮葺の屋根が飛んで大きく報道された。青森県では、80％以上のリンゴを落として「りんご台風」とも呼ばれている。この台風で「落ちなかったリンゴ」は受験生にもてはやされた。

そんな台風がやって来そうである。気象庁の注意報に、特別の注意が必要なときは『これまでに経験したことのないような……』と表現するようになった。

8月9日の豪雨もそうであった。岩手県の雫石、繋温泉、矢巾町、紫波町で大きな被害が出た。お盆の時、被災地を見てまわったが、道路が陥没して通行止めがあり、後片付けが終わっていない民家があり、温泉館の駐車場はまだ泥に埋まっていた。

これからが台風シーズンである。これまでに経験したことのないような雨や風に来てほしくはないが、心構えや準備をしておくことにこしたことはない。

秋は、風情などを味わっていられないほど短くなった。「秋風」や「馬肥ゆる」といった趣のある言葉を聞く間もなくなったし、「二百十日」などは忘れてしまいそうである。

（松園新聞「保険コラム」平成25年9月号）

スズメ（雀）

明けがた、からだが冷えて目がさめた。毛布を引き上げ、うとうとするとスズメの声がした。5、6羽、いや、もっといるかもしれない。庭の木々を行ったり来たり、騒がしい。

昔の秋を思い出す。空が暗くなる。風が吹き、稲穂が波うつ。穂先で騒いでいたスズメが一団となって舞い上がる。ぐるりとまわって、また舞い降りる。思い出すのは、そんなダイナミックな秋だ。

ドイツに、こんな逸話がある。フリードリヒ大王は、サクランボが大好きであった。この実がスズメに食われるので、スズメ駆除の命令を出した。その結果、スズメがいなくなり、かわりに害虫が大発生し、サクランボの樹までが枯れてしまった。大王は、自分の誤りを悟って、害虫の駆除に役立つ鳥類の保護にあたった。

似たような逸話は中国にもあるが、日本には、「舌切りスズメ」という昔話がある。おばあさんが、ノリを食べたスズメの舌を切った。おじいさんが、かわいそうだと、そのスズメを探す。スズメの家で、お土産にと大小のつづらを出される。おじいさんは、小さなつづらを選んで持って帰る。つづらには、大判小判に宝石がたくさん入っていた。それを知ったおばあさんは、欲張っておおきなつづらを持ち帰る。その中には、ムカデにハチにヘビ、そして恐ろしい顔のお化けたちが入っていた。非情と欲張りを戒めた昔話である。スズメは昔から人の側にいた一番身近な鳥であったはずである。

スズメは、ヒトを見ると逃げるが、これは日本のことである。ロンドンのハイド・パークやパリのモンマルトルなどでは、人を見ると近づいてくる。人はいつもポケットにパン屑やエサを持って与えているからだ。

かつては、縁側で米粒などを撒けばすぐ寄ってきたものだ。ニワトリに餌をやれば、舞い降りて一緒についばんでいた。ザルを立てかけ、餌で寄ってきたスズメを捕らえようとしたこともあった。

そのスズメが減っている。それは人が野鳥の餌となる虫を薬剤で根こそぎ死滅させているからで、当然、ツバメも他の野鳥も減る。スズメが穀物を食べるのは一時のことだけで、害虫を食べてくれる益鳥であったはずである。だが、人間の身勝手によって嫌われ駆除された。

スズメが人を嫌うようになったのがそれだとすれば、人間の罪は大きい。野鳥を、害鳥と益鳥に分けることにどれだけの意味があるのか。そもそも、スズメやツバメが減るだけ虫がいなくなった自然が、健全な自然といえるのだろうか。

（機関紙「春の風」平成25年12月号）

雲

——気分を晴らしてくれる空の主役——

椅子の背もたれに体をあずけ、窓から見える空を仰ぐ。南の空に、ぽつんと浮かんだ綿雲（積雲）が、東へゆっくり流れて行く。四角い窓を横切る雲は意外に早く、まもなく窓から消える。後に、大きな曇り雲（層積雲）が続き、空を覆っていく。変わる空をしばらく眺めて、また仕事に戻る。

考えが行き詰まったとき、わが家でとる私の行動だ。疲れた脳が休憩を求めるのだろう。なにも考えずにただ雲を眺めることが、私に適した脳の休息のようである。

朝、家を出るとまず空を見上げ、ほんの少しの間、流れる雲を目で追う。車を走らせているときでも、夜帰ってきたときもつい空を見上げてしまう。雲を眺めることが、頭の切り替えスイッチのようなもので、私の無意識な所作になっている。

小学生のとき、夏休みの宿題に雲の記録をとったことがある。毎日の昼ごろに空に出ている雲を色鉛筆でスケッチし、図鑑でその名を調べて記入するだけのものだったが、先生に褒められた。おおざっぱに雲の種類や名前を覚えたのがこのときで、雲を眺める癖がついたのも、これがきっかけだろうと私は思っている。


人は、空に浮かぶ雲を毎日見ている。だが、誰も気にしない。気にするのはほんの一時、天候の行方が気になるときと、変わった雲が出た時だけである。雲は変幻自在で、刻々形が変わっては消える。だから雲の形などはほとんど記憶に残らないものなのだが、ずっと記憶に残る雲もある。

社会人になって間もなく、岩手山頂での光景は荘厳であった。雲海の向こうが明るく色づき、しだいに光量を増していく。暗い雲海が曙色から朱に変わり、ついに閃光がほとばしり出る。ご来光だ。あふれる光は、まわりの闇を後方に押しやり、空が高くなる。気がついて見まわすと、後ろに残雪を乗せた連山が薄色に染まり、霧雲（層雲）の上に浮き出るように迫っていた。

鞆の浦（広島県福山市）から釣りに出たことがある。金色に輝く瀬戸内を朝日に向かって進む。顔を出した太陽のずっと上に、朱色に輝くうろこ雲（帯状巻積雲）が横一条に連なる。釣り船は、金箔をまいたようなきらめきのなかに漂った。

幼いころの夏に見たのは、入道雲（積乱雲）だった。水浴びに行く途中、遠い山並みの上に見上げるほどに立ち上がり、白く輝いていた。あれほど雄大な雲を最近は見ていない。たくさんの赤とんぼが舞い、その上に広がるのは夕日に染まったヒツジ雲（高積雲）だ。何度も見ているはずだが、最近見たのはいつだったろうか。


幼児に絵を描かせると、まず横に地面の線を引く。地面に縦に2、3本の樹木を描き、家を描く。空には丸い太陽、そして雲を描く。雲は決まって綿雲である。樹木や家はおぼつかないが、太陽と雲はしっかりと描く。幼児は母の胸や乳母車から空を見ていて、空には必ず雲があり太陽があることを知っている。人間が生まれてすぐに見るもの、それが太陽であり雲でもあるのだ。

誰もが、乗ってみたいような雲、異様で不気味な雲、荘厳な雲、魂が抜かれるほど高い雲、いろんな雲を見ている。そのとき、一瞬でもなにも考えず素直な気持ちになっているはずである。黒い雨雲の間から地上に降りる斜光（薄明光線）を「天使のはしご」と呼ぶが、それを見たとき、神々しく敬虔な思いになるのは私だけはないだろう。
風景画のほとんどに雲が描かれている。宗教画もそうだ。雲は絵の重要な要素である。私は、絵のなかの雲の形や色彩に惹かれる。その感覚は、遠い昔、どこかで見たことがあるような懐かしい感覚に似ている。それは、生まれてすぐに見た記憶の底にある雲の光景に通じているからかもしれない。

残念だが、おおかたの雲は悪役だ。危機が迫るときには、「暗雲が垂れる」とか「風雲急を告げる」と言い、「雲行きが怪しい」と表現する。不快なときは「気分が晴れない」となるし、心配だと「顔が曇る」となる。「雲をつかむようだ」とか「雲隠れする」とも言う。「雲助」という蔑称まである。そんなことはまずないのだが、晴れた日を「雲一つない」と形容する。雲は、太陽を隠してしまうから悪役になってしまうのだろう。
だが、私にとっての雲は、空の主役であり、心を晴らしてくれるものなのである。

（岩手日報「みちのく随想」平成26年2月）

初蟬

わが家の庭は木々に囲まれている。周りに植えているのはヒバも数本のほか、柿の木、ユリの木、モミジ、サルスベリ、サクラ、ヤマボウシ、ナナカマドなど落葉樹が大半だ。庭のほぼ全面が何もない平らな地面で、かつては芝生だった。だが、雑草に手を焼きはぎ取った。庭の奥は雑木林に続く。

何もない庭だが、緑に囲まれたその空間が気に入っている。その庭が落ち葉に覆いつくされても、それもまた風情があってよいものだが、雑草で覆われると、その気に入った空間が埋められたようで息苦しくなってくる。伸びた雑草が手に負えず、今年も草取りの手伝いを知人に頼んだ。

7月21日朝8時。知人家族が総出でやって来た。すぐに作業が開始された。

今日も30度を越す暑さになりそうだ。

家の北側から左回りに進む。かつては雑木林だった宅地は粘土質で茶色っぽい。雑草が取られ、地面があらわになっていく。すぐに強い日差しがそれを乾かして白くする。波が引く砂浜のように白い地面が広がっていく。

庭半分が終り、昼食にしようとした時、奥に広がる雑木林でヒグラシが鳴きだした。いつも、こんなに早く鳴き始めただろうかと驚いた。そういえば暑い日が続いているのに、アブラゼミもミンミンゼミもまだ聞いていない。今年初めて聞くセミの声だった。ヒグラシは、日暮れ時に鳴くからついた和名で、夕暮に鳴くあの物悲しい声を思い出す。だが、真昼の声は、暑さを増幅させる暑苦しい声だ。

さわがしいヒグラシの鳴き声を頭上に聞いて、午後も汗を流す。草に埋もれていたショウブがすっきり立ち上がり、ナンテンの丈も高くなったような気がする。立木の根元を風が通り抜ける。

林の向こうに陽が落ちたころ、作業が終わった。知人家族を見送って、庭を巡る。隅を埋めていたクマザサも、広げたフキの葉もがなくなった。咲き終わったノカンゾーヤツユクサもどこかに消えた。地面のあちこちにへばりついていたクロッカスの枯葉もなくなった。今年こそ植え替えようと思っていたのに、またその場所が分からなくなった。

陽が暮れたが、空はまだ高い。広くなった庭は、白い空洞のように陰る。

土いじりの好きだった妻が逝って13年。よくふたりで草取りをしたものだ。終わった後、デッキでお茶など飲んだが、その時はこんなに広いとは感じなかった。

林のなかでヒグラシがまた鳴きだした。庭に響く声は、昼とは違う物悲しい声だった。

（松園新聞『1000字の散歩1』平成26年8月号）

御嶽の冬

岩手山の初冠雪は10月7日だった。月末になると、山頂の冠雪も裾まで降り、雫石スキー場のゲレンデが白い筋状に見えるようになった。

水蒸気爆発した御嶽山の初冠雪は、岩手山の8日後、10月15日であった。この日に犠牲者の捜索は打ち切られた。爆発から18日目のことである。

御嶽山の爆発は9月27日11時52分。

爆発の日、仕事上の付き合いがある保険会社の社員9名が御嶽山に登っていた。その安否も気がかりで、毎日、報道に目をこらした。死者57人が確認され、不明者は6人。保険会社の社員6名が犠牲になり、その中に行方不明者もいる。

それにしても、何とかならなかったものだろうか。

御嶽山は9月初旬から地震計がたびたび反応していた。だが、火山予知連絡会は、警戒レベル1（注意せずに登山できる）をそのままにした。東日本大震災以来、20ほどの山でマグマの活動が盛んになっていたことなどから、さほどの危険と認識しなかったようである。火山予知連絡会の会長は記者会見で、「火山予知ってこんなものです」と言い放ち、深刻さは感じられなかった。東日本大震災の原発事故でも、やたらと専門家が出てきて、「想定外」と「安全」を連発していたことを思い出し、「またか」と思った。

イタリアの地震で、予知委員会が「地震は大丈夫」と言っていたが地震が来てしまった。委員は逮捕され、有罪になった。専門家にとってはそれも酷なことだが、少なくとも、日本よりイタリアの方が権限と責任感もって予知にあたっているということだ。

では、日本の予知連とは何なのか。

「専門家であっても予知はできないのです。だから、国には責任はないのです」

国民の命と財産を守るべき国が、責任を逃れるために設置したのが「予知連」なのかと、うがった見方をしてしまう。そのときレベル2（火口周辺警報、噴火警報）を出していたら、どうだったろう。予知が難しいのであれば、そのときの対策は十分だったのだろうか。今でも、胸のつかえが取れない。

里のサクラは裸木となった。カエデは抜けるような黄色となり、落葉が道路に散る。イチョウの葉が色づき始め、ドウダンツツジの赤が深みを増している。山はすでに冬である。人のいない山に、風が唸り、雪が飛ぶ。不明者6名は、雪の下で春を待つ。寒いだろう、寂しいだろう。

家族はどんな思いで春を待つのだろうか。

（松園新聞『1000字の散歩4』平成26年12月号）

小春日

十月の初めにひいた風邪が3週間経ってもまだ抜けない。今日は予定がないから、久しぶりに体を休ませようと、遅めに起きた。

午前中はテレビを見たり本を読んだりして過ごした。午後になり、2時を回ったばかりだというのに窓から差し込むやわらかな陽光が傾いてきた。こんな日を、小春日とか小春日和と呼ぶのだろう。

窓から見える街路樹のサクラは、半分ほど葉を落とし、カエデの黄色くなった葉は、日差しを浴びて映えている。道路端の綿毛となったススキの穂が輝き、かすかに揺れている。行き交う車の音も気にならない、晩秋の穏やかな午後であった。

部屋にこもっていてはもったいない気がして外に出た。

家のまわりを雑木林に沿って歩きながら、花を探していた。そのうちに秋の七草を探してみる気になった。秋の七草など、このかた探したことなどない。中学生のとき以来だろうか。なんでその気になったのか自分でも分からないが、家を出てすぐに林の入り口に咲くハギの花が目に留まったからかもしれない。

「ハギ・キキョウ／クズ・フジバカマ／……」と五七五のリズムで数えながら捜し歩いた。ハギとススキはすぐ見つかった。たぶんこれがオミナエシだろうと思うものが林の端にあったが、不確かだ。ナデシコとキキョウは、先週、田舎の生家で見ている。もちろん野草ではなく園芸種だが、まあよしと納得して、なんとか残りのクズとフジバカマを探したが、探しあぐねた。

クズは、里山にでも行けば見つかるだろうが、フジバカマは環境省のレッドリストで準絶滅危惧（NT）種に指定されているというから、見つけるのは難しいかもしれない。どこかで見たような気はするが、それがいつだったか。

一時間ほど歩いて家に戻った。玄関先の庭のドウダンツツジが色づきはじめているのに気がついた。今は、まだ上辺に赤みが出てきただけで、おせじにも美しいと言えない。だが、もうすぐ木々の落葉が終わり冬の気配が強くなると、鮮やかな真紅に染まることだろう。

毎日を走り続けているような生活では、道端の花など気にも留めない。まして、七草を探してみようとすらしないだろう。風邪が治りにくいのはそんな生活が続いていたからだ。年相応な走り方とそれなりの休息がなければならない。そう知った小春日の日曜日だった。

（機関紙「春の風」平成26年11月号）

記念樹

わが家の庭に、4年前に隣家からいただいた百日紅（サルスベリ）の木がある。植えたときは小指ぐらいの苗木だったが、今は、丈が3メートルほどになり、幹は握りきれない太さになっている。今年も枝先にそう多くない赤紫の花をつけた。

2011（平成23）年3月11日14時46分、大地震が発生した。東日本大震災である。地震発生時は会社にいたが、自宅に帰ったのは夜になってからだった。ローソクで夜を過ごし、翌朝、家の周りを見て回わった。隣家とわが家の境にある高さ1・6メートルのブロックの擁壁が、15メートルにわたって庭に崩れ落ちている。生垣のヒバ数本が折れてその下になっていた。

1か月後、大掛かりな工事で擁壁はコンクリート造りの堅牢なものになった。わが家の庭木も植木屋さんが植え替えていった。その際、お隣さんからのお詫びですと言って植えていったのが、この百日紅なのである。


庭の木には、それなりの植えた理由といきさつがある。

庭の木の多くは19年前、ここに家を建てたときに植えたものだ。ウラジロモミ、ナツツバキ、ヤマボウシ、ナナカマド、ハナミズキなどだったが、翌年、花が咲く木と実のなる木が欲しいといって、サクラと柿の木を植えた。サクラは大木となって毎年花を咲かせ、柿も実をつけるようになった。これらは家の新築記念樹である。

娘が幼稚園のころの植木鉢のクリスマスツリー2本は、そのまま庭の背の高いモミの木になっている。これは娘の記念樹といってもいいかもしれない。

退職して郷里に戻る同僚が、プラタナスと言って置いて行った鉢植えの木は、実はユリの木であった。この木は樹高が60メートルにもなるような木であることを知ったのは10年も経ってからで、そのときは切ってしまうには忍びないほどになっていた。その彼が、4

年前に郷里の群馬から来て見上げて行った。

庭に植えて14年、今は幹が25センチもの大木になっている。何度か丈を詰めたが、2年もほったらかしていたら2階の窓を越し、もう屋根をも越しそうである。これは彼の転勤記念樹である。


この百日紅は震災の翌年、1、2個の小さな花をつけた。毎年その数を増やしている。

花は、恋人と百日後に逢うことを約束した乙女が約束の百日目に亡くなり、その日の後に咲いたという中国伝説の花のようだが、100日間も花が咲き続けるから百日紅（ひゃくじつこう）とも呼ぶそうだ。

今年、この木が花をつけ始めたのはいつのころだったかはっきりしないが、もう1ヵ月近くは咲いている気がする。その名にふさわしく、まだまだ咲き続けてくれそうである。

この木が、わが家の震災記念樹である。


（機関紙「春の風」平成27年10月号）

エダマメ（考）

春遅くに生家（紫波町）の畑に植えた約1000本余りのエダマメが食べごろとなった。

生家には、102歳になった父がひとりで住み、もう畑仕事はできない。だが、何も作らず空けておいても雑草が生えるだけだからと、兄妹が集まって、とりあえず手間のかからない豆を植えたのである。あのとき、収穫が大変だとは予想はしていたが、いよいよその時になってしまった。

エダマメとは豆が熟す前のものを言い、熟すと大豆である。大豆になると、刈り取って乾燥させ、莢（さや）から大豆を取り出さなければならない。大豆にしたところで味噌をつくるぐらいだが、そう毎年のように作るわけにもいかない。いつだったか、豆腐屋さん

に60キロ持って行ったら、千円札を数枚渡された。手間暇を考えたら、エダマメとして消化したほうが手っ取り早いのだ。

わが家の豆は、ずっと前から翌年のために何株か残して種粒を取って植えている。だから、植えている品種が何かは分からない。父に聞いたが忘れたと言う。

かつては、「一人娘」「ユキムスメ」「湯上り娘」「サヤムスメ」「茶っころ娘」と呼ばれた品種があった。すべてが女性の名前である。小豆にも「大納言」「紅大納言」「丹波大納言」の名があり、こちらも女性だ。達者である。よく気が利く。一生懸命励む。「まめ」にはそんな意味があり、そんな女性のイメージから名づけられたのかもしれない。

今は、あまりの美味しさに他人に「ユウナヨ豆」、見たこともないのに「まぼろし豆」、ご主人にしか食べさせない「だだっちゃ豆」、エダマメの王様「秘伝」などがあるようだ。何種類か植えている友人の畑では、カモシカに食べられるのは「秘伝」だけだと言うから、やはり「秘伝」は大様なのだろう。

エダマメは「ビールの友」である。エダマメは、大豆と同様に「畑の肉」と呼ばれ、タンパク質、糖質、脂質、ビタミン、カルシウムが多く、大豆にはないビタミンCまで含んでいる。そのためアルコールの分解を促進し、肝臓の負担を和らげるのだ。

早くしないと、そのビールの季節も終わってしまう。花巻に住む妹は、好きなだけ持って行けと友人に声をかけ、この前の土曜日、5人が来て採って行ったようだ。次の日、だいぶ減っただろうと行って見たが、取ったのは30畝のうち2畝ぐらいで、畑は少しも減ったようには見えない。

私も、同僚に食べてもらおうと葉を払って枝つきのまま車のトランクいっぱいに詰め込んだが、それでも採ったのは一畝にもならなかった。

エダマメの収穫期間は1週間前後と短い。妹は、もう一回来て採ってもらうと言い、私ももう1度は採りに来なければならないようだ。今から、来年はどうしようかと考えてしまう。

（松園新聞『1000字の散歩10』平成27年10月号）

晩秋

裏の雑木林が風に鳴る。

高い松の木の枝が揺れて騒ぎ、雑木の小枝が震えてしなる。黄や赤に色づいた葉がちぎれ飛び、淡い日の光に照らされて林の中を流れ落ちていく。

巻いた風がその少しを庭に運んで、敷きつめられた落ち葉の上に重なり落とす。風は息を継ぎ、次の風がそれを吹き散らす。荒っぽい風が、季節をむりやり動かしているようだ。

厚い雲が空を覆い、東に流れている。ところどころで光る空がのぞき、斜光が地上に注ぐ。昼をまわったばかりなのに夕暮と見間違う空である。山沿いは雪が降るかもしれないと、今日の予報は伝えていた。

葉を落とした木々が増えて岩手山が透けて見える。わが家から岩手山が見えるのは林の葉が落ちた冬だけである。山は裾だけを残して雲に隠れている。数日前の新聞(岩手日報・平成27年10月24日付)が、大きな見出しで「県内冬支度」、「寒さ本番　盛岡で初霜・初氷」と報じていた。

ブドウが店先に並んだと思ったら、梨に変わり、柿が加わった。今はリンゴが山と積まれ、ミカンも出てきた。短い実りの秋もそろそろ終わりと思っていた矢先に、「冬支度」の報である。もうそんな季節かと驚き、暑かった夏が遠い過去となる。

間もなく年賀はがきが売り出され、ジングルベルが流れてクリスマス商戦が始まる。来年のカレンダーが目につくようになって、季節はいっきに年末に向かう。

煙るような林を見ていると、それだけで憂鬱(ゆううつ)になる。そう思わせるのは、このはっきりしない天候のせいなのだろうか。それとも、この天候にもうすぐに来る寒い冬の予兆を感じるからだろうか。

友人は、いつから滑られるかとスキー場の開業を待っている。今季は釣れてほしいとワカサギ釣りの解禁を待つ社員がいて、もう同僚に声をかけている。若いころはたまにスキーにも行っていたし、そう苦にならなかったはずだ。だが、年々、冬が苦手になっていく。冬を快適に過ごす心構えも術（すべ）もなくしてしまった気がする。それは歳のせいかもしれない。認めたくはないが間違いなくそうだろう。

雲が空を塞ぎ、風に雨が混じってきた。雨に当たる落ち葉が渇いた音を立てる。風が止む。雨脚が強くなる。もう落ち葉は湿って音もない。地面に張り付いた落ち葉が濡れてにぶく光る。

時雨模様の林の中で、思い出したようにハラハラと落葉が散る。

（松園新聞『1000字の散歩16』平成27年11月号）

鳥たちの庭

わが家の庭にいろんな野鳥がやって来る。雑木林に続いているから、ついでに寄るのだろう。いつもの冬はリンゴやミカンを枝に挿して出していたが、今年はなにもしなかった。申し訳ない気がして、春先、庭の一角にホームセンターで飼った餌をまき始めた。

春先はヒヨドリだったが、庭木の間を飛び交うだけでめったに地面に降りることはなかった。今は、カワラヒワが餌をついばんでいる。林のなかで鳴いているキジもよく寄る。山バトは頻繁に眼にするが、土バトもたまに寄る。モズも来る。

まっ先に来てもよさそうなスズメが、たまにしか見かけない。昔はどこにでもいて、あまり人を怖がらなかったものだ。だが、今は人を見るとすぐに逃げるし、個体そのものも減っているようだ。

朝早くから夕暮まで、いつ見ても鳥たちがいる。カワラヒワは決まって5羽で来る。地面に2羽いると、探せば3羽は近くの木の上だ。ケンカなのか遊んでいるのか、追いかけまわしていつも3羽がもつれて飛ぶ。家族なのかもしれない。最初はスズメかと思ったが、よく見ると背にスズメとは少し違う文様があり、飛ぶと黄色い羽が鮮やかにのぞく。図鑑で調べたらカワラヒワだった。ヒワの仲間で、河原でよく見られるからカワラヒワと呼ぶそうだ。

キジは日本の国鳥であり岩手県の県鳥でもある。オスは翼と尾羽を除く体色は緑色で美しい。頭部の羽毛は青緑色で目の周りに赤い肉腫があってこれも目立つ。するどく「ケーン」と鳴き、縄張り宣言をする。茶褐色で地味なメスが餌をついばんでいると、動かずじっとまわりを見張っている。なかなか威厳のある姿である。メス鳥を数羽引き連れて来ることもあるが、今は番（つがい）で来ている。

鳥たちはときどき首をあげて周囲に注意をはらうが、一心不乱の態だ。いないと思って近づくと、いきなり足元から飛び立ったりする。

朝にまいた餌が夕方にはほぼ食べつくしているが、それでも鳥たちは暗くなるまで立ち去らない。それを見るとまた餌をまきたくなる。

そんなことを繰り返していたら、地面が緑色になってきた。餌が雨に濡れて芽を出したのだ。アワやヒエの細い芽がびっしりと伸び、丈が3センチぐらいになっている。丈がこれだけになると、草のあいだにまかれた餌が食べにくいのではないか。それが気になって見ているが、食べにくいかどうか、遠くからでは良く分からない。

やはり草を取ってあげよう。

それも、鳥たちが来ていない時にそっとやってしまいたい。だが、こう頻繁に来られてはいつになるやら。しばらくは眺めていることになりそうだ。

（松園新聞『1000字の散歩23』平成28年6月号）

鳥たちの歌

『なぜそんなに、せつないまでに必死にさえずるのだ。シジュウカラやホオジロのように、のどかに春を歌えないものか。ヒバリの声を聴くとよくそう思う』

8歳で全盲となり、紆余曲折を経て42歳で声楽家となる塩谷靖子（しおのや・のぶこ）のあるエッセーの出だしである。たしかに、ヒバリのさえずりはせわしくてせつない。シジュウカラやホオジロの声はのどかだが、私にはとっさに聞き分けられない。

この本は彼女の自伝的なエッセイ集である。「折々の鳥の歌」の章に4編の野鳥の声の話が載っている。収録テープを聴いたり、野山に出かけて聞いたりして、昔より減ったが今でも100種ぐらいの鳥の声を聞き分けるという。目の不自由な方の音感はすごいものである。

宮城道雄（箏曲家・作曲家）もまた8歳で視力を失っている。氏は箏と尺八の二重奏による「春の海」の作曲者で、この曲は正月になると必ず聞く有名な曲である。氏は、1993（平成5）年発刊の随筆集「春の海」でも言っている。

『正月になると、私の家の庭先に、一羽の小鳥がやってくる。それは、去年も来た小鳥なのだ。（中略）そのさえずりを聞いて、今年も正月を祝ってくれていると、なんとなく嬉しいようななつかしいような気持ちになる』

視力を失った人は聴力が頼りなのだろうが、私は目をつぶって光のない世界を想像すると怖さを覚えるだけである。

家の庭に続く雑木林から、いろんな野鳥の声が聞こえてくる。「デデッポッポー」はキジバトだが、林の奥と思ったらすぐ目の前の枝にいたりする。シジューカラは、私には「ツィーピ、ツィーピ」と聞こえる。ホオジロは「一筆啓上……」と鳴くというが、そう聞こえたことはない。ホトトギスは、「キョ、キョ、キョ」と鳴き、それを「東京特許許可局」と言ったりするから分かりやすい。

ヒヨドリは「ヒーヨ、ヒーヨ」だが、カワラヒワは「キョルル、キョルル」でスズメはやはり「チュン、チュン」と聞こえる。キジはわが家の庭まで来て、朝早くその甲高い声で起されたりする。オナガ、アカゲラも来るが鳴き声は分からない。

カッコーもどこかで鳴いている。昔よく聞いた「行行子」（オオヨシキリの異名）はここでは聞かないが、生家の田舎に行ったときに久しぶりに「ギョギョジ、ギョギョジ」と鳴いているのを聞いた。

鳥の声ばかりではない。耳をすませば自然の音は多様で無限である。見える世界と同じくらい広いのだ。彼女は、根拠もなく「情報の80％は目から入る」と言われることに、視覚障害者を過小評価してはいないかと不満のようである。そして、宮城氏は言う。『目明きの人から見ると、いかにも不自由な世界のように思えるかもしれないが、それほど不自由でも寂しくもない』

私たちが音の世界をよく知らないのは、視力に頼りすぎているからである。

（機関紙「春の風」平成28年7月号）

水の音

雨漏りのしずくが、バケツに落ちる音。
雨上がりの軒下で、雨垂れがたてる音。
水口から聞こえる田んぼに流れ込む水音。
小川の流れが空気を取り込む音。
川原に響く瀬音。

かつては、耳をすませばそんな水音があった。今は雨漏りのする家はないだろうし、雨どいが壊れていない限り雨だれのする家もまずない。田んぼの水は蛇口をひねって入れるから用水路はない。あるのはU字構の排水路である。河原は護岸工事でなくなった。今、水の流れる音は、よほど大きな川でなければ聞くことができない。

滝名川は、紫波町（岩手県）を流れる数少ない河川の一つである。私はこの中流域で一ヘクタール足らずの水田を耕す農家で生まれ、七人家族で育った。川は、家から歩いて十分足らずの所を流れていたから、この川にかかわる記憶は多い。近くの子供が流されたことや、大水で橋が流されたこともそうだが、川で遊んだことはよく覚えている。もう65年も前のことだ。

夏はもっぱら水浴びだった。向かう林の上に白く光る入道雲がいくつも立ち上がり、日差しが肌をさす。ひんやりする林を抜けると、まぶしい河原に出る。焼けた石の熱さをゴムぞうりの裏に感じて、水辺に着く。準備体操などろくにせず、おそるおそる水に入る。冷たいと感じるのは、そのときだけである。

泳ぎ疲れては、河原に寝転んで冷えた体を温める。瀬音につつまれた河原に、セミの声が響く。澄んだ水のなかでヤマメやハヤがゆっくり泳ぎ、石のかげでカジカが動く。ときどき茶色のヤツメウナギがおどり出て消える。夏になればきまって思い出す光景である。

人は川に対して「治水」、「利水」、「親水」、「景観」からアプローチする。行政からすれば、川は治水と利水の対象であって、親水と景観は二の次であった。川辺に緑がなくなり、そばには寄れず、流れに淀みも渕もなくなった。親水と景観を置き去りにしてきたせいである。滝名川もそうだが、中小河川は魚の住めない川になり、平野の小川は耕地整理ですべてが消えた。

治水で氾濫がなくなり、利水で便利にはなった。だが、人と水を隔ててしまった。瀬音のなかに聞こえた水浴びをする子どもたちの歓声も、バタ足の水音もとうにない。足をつけて楽しむせせらぎの音は、ＣＤでなければ聞くことができなくなった。


人は好んで川辺を歩く。故郷を愛する心は川によって育てられるとも言う。最近は国も自治体も、親水、景観を考慮した水辺と魚の住める川造りを進めている。まだ多くを見かけないが、この取り組みが大きく進んで欲しいものである。

家にこもれば音はテレビだけ。外に出ても聞こえてくるのは人間がつくった音だけである。車の走る音に救急車のサイレンが混じる。甲高い排気音を残してバイクが去っていく。

私の耳には、まだまだ自然の音が聞こえてこない。


（松園新聞『１０００字の散歩２５』平成２８年８月号）

空に浮かぶダム

台風10号は８月30日午後６時前、岩手県大船渡市付近に上陸した。台風が東北地方を直撃したのは史上初である。

この台風、平年８月の１か月分を大幅に超える大雨をもたらし、宮古では１時間あたりの降水量が観測史上最大の80ミリを記録した。

北海道と岩手県では29日の降り始めからの雨量が、多いところで２００から３００ミリ、北海道富良野では５００ミリを超えた。

この雨により東北・北海道の各地で土砂崩れが発生、道路が寸断、いくつもの集落が孤立した。また、堤防が決壊して川が氾濫、広い範囲で浸水被害が出た。

【四十四田ダム】

１時間当たりの雨量が80ミリとは、どんな雨だろうか。１時間に雨が８センチ溜まる雨量で、たいした量ではなさそうである。

だが、それは気象用語でもっとも上位にある『猛烈な強い雨』と表現され、『滝のようにゴーゴーと降り、息苦しく恐怖を感じるような雨』で、『水しぶきで辺りが白く煙むり、視界が悪くなるほどの雨』である。

１時間に８センチの水とは、１メートル四方に80kg、１００メートル四方には８００トン、１キロ四方だと８万トンが溜まる量だ。10キロ四方には８００万トンの計算になるが、台風はもっと広い範囲に雨を降らす。

総雨量が３００ミリだと、10キロ四方に降った雨量は３０００万トンになる。四十四田ダム（盛岡市）の有効貯水容量が３５００万トンだから、ほぼ満水のダム１杯分である。このダムは毎秒約３０トンの水を北上川に流すが、この量はだいたい10日間かけて流す量である。

この雨で岩泉町（岩手県）を流れる小本川が氾濫、多数の死者が出た。沢沿いに点在する集落４００世帯以上が一時孤立した。この川の流域面積は７３１平方キロである。流域面積は集水面積でもあるから、四十四田ダム70杯もの雨がこの流域に降ったことになる。降る雨は均一ではないし、そのうちの何割かが地中と地表にとどまり、何日もかかって川に流れ出るのだろうが、いずれ、保水能力を越えた山々から押し寄せた水量は、このダム数杯分、いやもっと多い量ではなかったろうか。

台風の直撃もそうだが、雨量のことなど普段は考えもしない。地球の表面を薄く覆う大気の中にこれだけの水量が浮かんでいることも不思議である。空に浮く雲はそれ自体がダムである。それも、大気の流れによって離散集合する、動く巨大なダムだったのだ。

台風は8月と9月に集中する。今年、この2ヶ月で本土に上陸した台風は6個、接近した台風は8個（どちらも9月20日現在）である。気象庁のデータを見る限り、1951年以降どちらも最多である。

今、地球温暖化は後戻りできない段階に入ったと研究者は言い始めた。そして、今後、こんな台風が増えるだろうと警告している。

（機関誌『春の風』平成28年10月号）

Ⅲ 歴史を繰り返す

保険約款と選挙公約

保険の契約をすると、「保険約款」というものが手渡されるか保険証券と一緒に送られてくる。どんな契約をしたかが細かい字で印刷された冊子、それが約款である。「契約のしおり」となっているかもしれない。どんな場合に保険金を支払うのか、支払わないのはどんな時か。支払い金額はどう決めるのか。保険料の支払いが滞った時はどうなるのか。契約者の義務は何なのか。それらが記載されている重要なものだ。

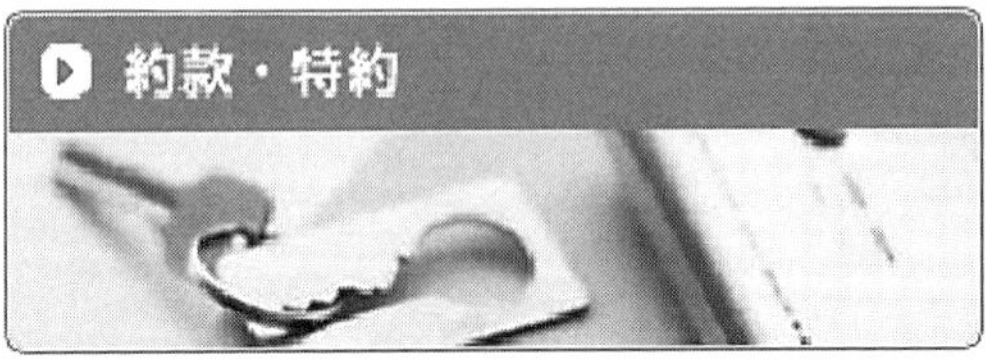

さまざまなことを想定して約款はつくられているから、あまり省略すると後で問題が生じる。そのため、どうしても内容が多くなり、印刷すると細かい字になってしまう。約款とはそういう約束事を記載したもので、保険の契約はそれを前提にしているから、契約を

承諾してサインをする申込書には、必ず「約款を承諾し、契約を申込みます」と記載されているはずである。

だが、契約の時には重要なことだけの説明で、詳細は約款を読んでくださいと言われて読む人は少ないだろう。もう少し分かりやすく簡便なものに作り直す検討もしているようだがまだ実現していない。

衆議院議員選挙が告示される。各党から選挙公約が出される。その公約は、立候補者や所属政党が、有権者から選んでもらうために本人または所属政党から出される「約束事」である。国民に対する約束事という点では「保険約款」に似ている。

違う点はなんだろうか。保険の場合は、保険会社に保険金の支払い義務が生じた場合はその法的義務を負う。義務をはたさなければ、契約違反に問われるのはもちろん、会社の社会的信用を失い、会社の存在さえ危うくなる。

しかし、選挙公約の場合は、契約違反には問われない。

それは「付託」だからという。付託には、「間接する議員を通じて、『事＝政策』の代理をお願いする意味で、契約の約定に近いものである」とあるから、公約も契約に似て重いもののはずだ。だが、当選後に選挙公約とは異なる行動をとったり、公約の実現をサボったり、政策の違う政党に移ったりと、公約違反はけっこう目につく。

社会的な信用を失い次の選挙では選ばれないかもしれない。そういう点では「約款」と同じなのだが、その点、日本はおおらかすぎる。

（松園新聞「保険コラム」平成24年12月号）

八戸藩志和代官所

――盛岡藩の中にある八戸領――

北上平野のほぼ中央に、奥羽山脈から北上川まで扇状に広がる地域がある。滝名川の堆積作用によってできた扇状地で、現在はその全域が紫波町になっている。

滝名川は、この地域の唯一の河川で、山中で集められた流れは山王海盆地（現・山王海ダム）を経て、山裾の志和稲荷神社前に出る。ここから東に広がる扇状地を流れ下って北上川に注ぐ。志和稲荷神社から少し下ったところに八戸藩志和代官所跡（紫波郡紫波町上平沢）がある。

なぜここに八戸藩の代官所があるのか。かつて、この下流域には4カ村（上平沢・稲藤・

土舘・片寄）があり、この村は八戸藩領だった。いわゆる盛岡藩領の中に「飛び地」として八戸領が介在し、それを治める役所だったのである。

では、なぜ盛岡藩領の真ん中に八戸藩領があったのか。

寛文４（１６６４）年、南部３代藩主・重直公が世継ぎを定めないまま亡くなった。その時代、藩主が家督を定めず亡くなると家名断絶となるのが慣例であった。そのため、領内は騒然となった。幕府は、重直の弟、重信と直房に江戸への出頭を命じた。12月６日、江戸城に入った二人に、老中・酒井雅楽頭（さかい・うたのかみ）が幕府の裁断を言い渡した。

「所領を没収すべきところ、利直の先巧に免じて、重信には8万石、直房には2万石を下賜する」

南部藩は二つに分割されたが、かろうじて領地は維持できたのである。

翌、寛文5年2月、八戸藩主となった直房は、八戸の柏崎に城を築き、旧南部領のうち三戸郡41村、九戸群38村、志和郡の4村を領地とした。

八戸藩は、今の青森県八戸、岩手県久慈、九戸、葛巻のあたりまでだが、志和郡4村だけが遠く離れた盛岡藩領内であった。直房は、領内を6代官区に区分して行政を担わせたが、飛び地であるこの地を担当させたのが志和代官所だったのである。

なぜ「飛び地」をつくったのかは、正確な文献はない。八戸藩は山間部が多く、たびたび、「やませ」によって米が獲れない年もあった。藩領の20分の1にも満たないこの「飛び地」からの年貢は藩の4分の1を占めていたから、藩の財政を支えるためであったことは明らかである。ただ、なぜこれほど離れたこの地になったのかはわからない。

この代官所は、1869（明治2）年、八戸藩志和出張所となり、その後、弘前県志和出張所、青森県志和出張所を経て、3年後に廃止される。

時代劇に悪代官が多く登場する。そのため代官のイメージは悪いが、任期が3、4年で、少しでも評判の悪い代官はすぐに罷免された。過酷な年貢の取り立ては、農民の逃散を招き、かえって年貢が減少する。飢饉の時に餓死者を出した責任で罷免・処罰された代官もいた。そもそも、代官所には限られた人員しかおらず、多忙であったから、悪事を企てるほどの暇がなかったようである。

志和代官所には、2、3人の下役と帳付、目明し、常番がいるだけの、こじんまりしたものだった。だが、「飛び地」であるがゆえに、他の代官所とは違った役目も担っていた。北上川の舟運によって江戸へ送る廻米（御登米）の盛岡藩との調整、それに伴う事務処理。藩主の名代として岩手山へ参詣する八戸の常泉院一行への人馬の手配などである。

この代官所には、200年の間に約120人の代官が就いた。一人の着任期間は2年に満たない。

本藩からだいぶ離れたこの地への赴任は、僻地に転勤させられたような悲哀を感じたに違いない。代官のほとんどは、単身赴任ではなかったろうか。

（社団法人 岩手県宅地建物取引業会「イーハトーヴ」NO・109 2013・7）

神無月

陰暦10月の名称を神無月（かんなづき）と言う。これらの名称を覚えたのはいつごろだったろうか。最初は、「むつき」「きさらぎ」「やよい」……とゴロ合わせだった。だが、とっさに出てこない。そこで、正月は家族が睦まじくするから「睦月」。2月は、寒くて衣を更に着るから「如月（衣更衣）」、3月は、草木が茂ってくるから「弥生」と名称の意味とを関連付けて覚えていった。

だが、なぜ、10月が「神無月」なのだろう。同じように、6月がなぜ「水無月」なのだろうか。ずっと疑問だった。それが、神様が出雲に集まり、諸国に神様がいなくなるため「神

の無い月」となり、神様が集まる出雲では、「神在月（かみありづき）」といわれると聞いて、なるほどと思った。だが、この月に出雲以外に神がまったくいなくなるというのも変だ。6月は梅雨が明けて日照りが続き水不足となる月だから「水無月」だというが、これにも違和感を覚えた。

この呼び名に別の説がある。すべての神が出雲に出向くわけではない。留守神という性格を持つ神も存在する。出雲以外には神がいなくなるとは、中世以降、出雲大社が全国に広めた俗説で、水無月、神無月の「無」は「の」の意味であると言う説だ。

とすれば、6月は「水の月」、10月は「神の月」ということになる。「水張り月」の異称がある6月を「水の月」とする方が自然で、神事が多い10月を「神の月」と呼ぶ方に説得力があり、違和感がない。たっぷり水の張られた水田に根付いた早苗が青々と並ぶ6月を「水無月」、神事やお祭りが多い10月を「神無月」、その方がイメージ通りではないか。

ところで、この月に神様はなぜ出雲に集まるのだろうか。

日本国土を創った大国主神（おおくにぬしのかみ）が自分の息子や娘を各地に置き、その地の管理者とした。その子どもたちは、年に1度出雲に戻って父神である大国主神に1年間の報告をし、来年の予定を打ち合わせするようになった。ようするに、統治のために集まったのである。後に、大国主神系以外の天照（あまてらす）系の神様たちも、いっしょに出雲に来るようになったといわれている。

さて、ことし出雲に集まった神様たちは父神に何を報告し、何を協議するのだろう。福島の神様は原発事故のその後を、岩手や宮城の神様は震災の復興状況を、沖縄の神様は基地問題を報告するだろう。その後、巧妙な詐欺事件や人の命が軽んじられている民衆の心のありようが議題にのぼるかもしれない。軋轢が生じている領土の問題も協議されるだろう。国内問題ばかりではなく国際問題も協議するとなれば、世界の神様が集まったサミットを開く必要がある、ということになるかもしれない。

神様たちは、人間のやっていることにいらだっているに違いない。

（松園新聞「保険コラム」平成25年10月号）

情報化社会

コンピューターによる情報システムの利用が広く市民生活や企業活動に浸透した今の社会を、「情報化社会（情報社会）」と呼ぶようだ。情報化社会のおかげで、多機能の通信手段を持つようになり便利になった。そして、いつでもどこでも送信と受信ができ、携帯電話やインターネットを通じて様々な情報を手に入れることができる。居ながらにして買い物をすることもでき、最近、在宅ワークをしている人も増えているそうだ。

複写は青焼きから静電気式になり、カラーコピーの時代になった。ファクシミリは、ドラム式から感熱紙へ、そして普通紙へと変わった。手紙もメールに変わり、今は、会話さえも手元の操作で行う。

社会の情報化によって、私たちの生活は以前よりもはるかに便利で快適になった。だが、大量の情報が流れ出て、どれが正しい情報かが分からなくなってもいる。虚偽の情報で他人を傷つけ、ネットを使った金融犯罪、悪徳商法、情報そのものを盗むハッカーも問題となっている。いじめもネットだという。

A・トフラーが「情報技術革命により、個々人による情報の発信が可能となることで、自由と民主主義が拡大する」と『第三の波』（80年）で発表した。

たしかに、今までマスコミに握られていた情報が、マスコミ以外からも入手できるようになり、庶民の知る権利が拡大した。おおかたのことを知ることができるようにもなり、情報の検証も可能になった。

だが、「個人のデータが収集されていくことで、個人の生活が把握・監視される」とローレンス・レッシグはその論文で警告した。

残念だがその警告は正しかった。9・11同時多発テロ以降、国家による情報監視体制の強化は、犯罪の抑止のためと称して市民の監視が強化され、電話盗聴などは他国の首脳まで及んでいる。

情報システムは、私たちの生活にとって無くてはならないものになった。更なる可能性もあるだろう。この社会で生きていく私たちは、多機能の通信手段を使いこなし、情報を正しく見分け、適切に判断し、利用する能力を身につけることが、ますます重要になってきた。

懸念もある。これらのシステムを利用できる人とできない人、情報を手にすることができる人とできない人、その格差が生じて社会のすみに追いやられる人が出てきはしないだろうか。このシステムで、いろんな手段とルートで人とコンタクトできるようになったが、それが進めば進むほど、基本的な人間関係が希薄になって行きはしないだろうか。

会って話す。一緒に笑い、泣く。

そんな基本的な人間の営みが失われていくことの方が、これから大きな問題を生むような気がする。

（松園新聞「保険コラム」平成25年11月号）

村民の悲願　山王海ダム

――300年続いた水論に終止符――

北上平野のほぼ中央、奥羽山脈の山裾に志和稲荷神社がある。ここから4キロほど入った山中にダムがある。滝名川の上流、山王海盆地に造った山王海ダムである。

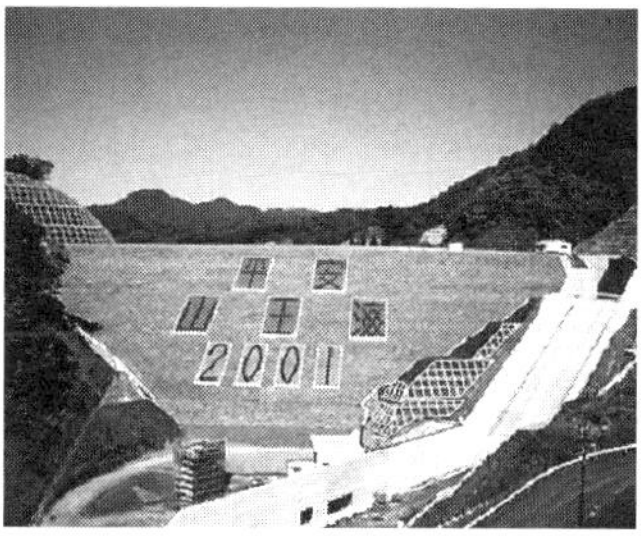

堤体の法面に「平安・山王海・2001」の植樹による文字が見える。2001は、近くの葛丸湖とトンネルで結び、お互いの水を補給し合える親子ダムに改修、竣工した年号である。かつてのダムには「1952」の文字があった。新しいダムになっても「平安」と「山王海」の文字は引き継がれた。

滝名川は、志和稲荷神社前から広がる扇状地を潤す唯一の原始河川であった。流域は水量の多い年に合わせて開発が進み、村人は湧水を利用し、堤を造り、限られた水を無駄にしない強固な水利慣行をつくってしのいできた。だが、雨の少ない年はたちまち田植えのできない地域が出てきた。

滝名川には27の堰があった。2番堰の高水寺堰は志和稲荷神社前にあって、「稲荷大口前」と呼ばれていた。高水寺堰は支流の堰で、耕地面積からすると3割が妥当なところなのだが、昔、高水寺城の濠水も引いていたため強大な政治的権限を持ち、約6割の水を取っていた。その分水比率が後年にも引き継がれ、水不足は決まって2番堰以外の本流方（志和村）に発生した。

約300年間の記録によると、この地方は3、4年ごとに旱魃（かんばつ）や冷害、6年ごとに凶作となり、18年に1度は餓死者を出している。村人は水を求めて抗争を引き起こした。高水寺堰の支流方と本流方との水の争奪戦、「志和の水けんか」である。記録に残っているだけで36回、それは死者を出すほどで、回数と規模、その熾烈さにおいて群を抜いていた。

この天候が十日も
續けば水喧嘩
—志和の滝名川と好地の葛丸川—
双方とも各村當局は寄りく
對策を協議中

稗貫郡役所を
青年訓練所と
公共團体で使用か

美帆町大火

時の記念日
稗貫の計劃

花巻傳染
愈々

1900（明治33）年に旱魃、2年後は凶作、更に3年後には大凶作に見まわれた。この年、村には来年の種モミさえもなくなっていた。1911（明治44）年とその2年後の大旱魃がさらに追い打ちをかけ、そのたびに「水けんか」が発生した。

「村長さん、なんとかしてくなんせ」

村人は涙を流して訴える。志和5代村長・藤尾寛雄は、山王海太郎の夢を実現するしかないと考えた。

山王海太郎とは、志和地方にあった巨人伝説の主である。太郎は、自分の住む沼を山王海に造ろうとした。何度も滝名川を堰き止めたが、その度に大雨で流されてしまう。太郎はあきらめて秋田の八郎潟に行った。そんな伝説である。村人の願望が、この伝説を生み出しただろうことは容易に想像がつく。

天災は容赦なくやってきた。1924（大正13）年の大旱魃には、7月中旬になっても田植えができずに半分の水田が放置された。この年に起きた水論には、約2000人の農民が動員され、数十人が負傷している。当時の志和村は、くる年くる年、5割ないし6割の減収が続いていた。藤尾村長の夢は、6代村長・細川久が継いだ。細川村長は、「国家事業として山王海溜池を造ろう」と志し、1926（昭和元）年、「対策協議会」が結成され、県知事に陳情するところまでになった。

山王海ダム建設事業が実際に開始されたのは、終戦間近の1945（昭和20）年2月であった。翌年から工事に着手、6年後の1952（昭和27）年完成した。

藤尾村長が山王海太郎の夢を実現しようとしてから、40年が経っていた。

ダムの完成で、300年以上続いた水争いの歴史が閉じた。堤体に描かれた「平安」の文字は、「永遠に水争いがなくなり平安を願う」との思いを込めたものだ。ダムの名も「平安の湖」と名付けられた。

村人たちが苦しみながら追い求めてきたもの、それが「平安」であったのだ。

（岩手県宅建協会会報・イーハトーヴNO・111　2014・1）

戦争保険と損保産業

戦争保険と呼ばれる保険があった。戦争による人的および物的損害に対して保険金を支払う保険である。

今は、どの国でも戦争の場合は保険金の支払いはしない。

近代戦争による財物の破壊は広範囲に及び、その発生の頻度、損害の程度を予測することがきわめて困難で、保険にはなじまないからである。

ただ、海上保険（航海上の事故によって発生する船舶や積み荷などの損害に対して保険金を支払う損害保険）だけは、民営の戦争保険の一つとして、状況に応じて一定の戦争による危険を特別に担保している。

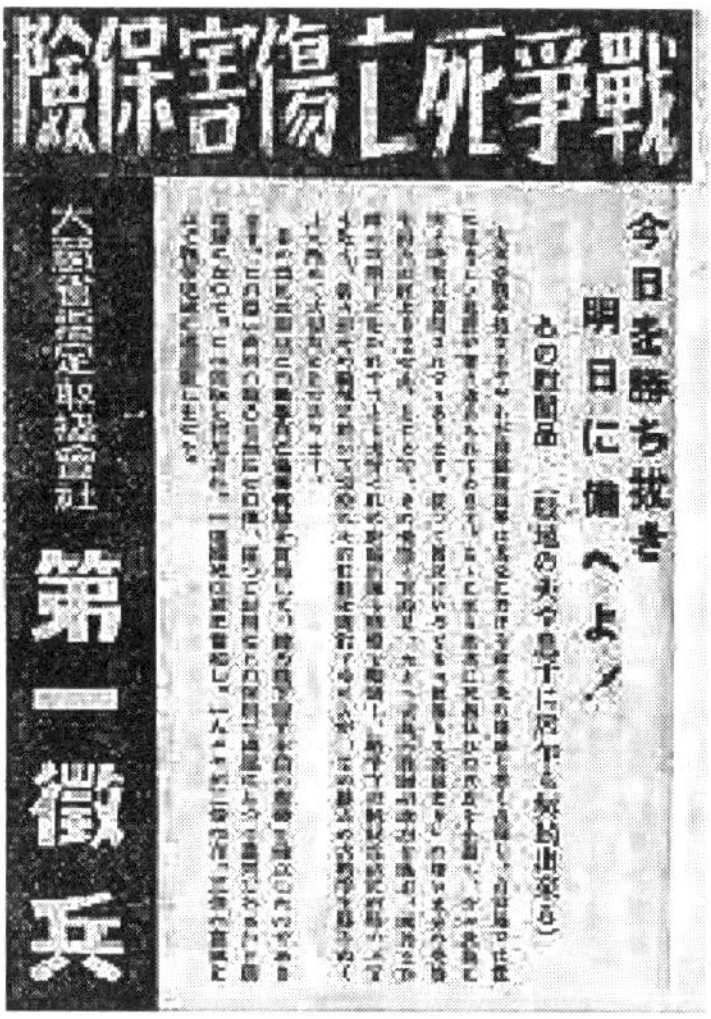

国民生活の安定という政策目的から、戦争保険が国営で行われることは歴史上数多くみられた。日本でも第二次世界大戦中、戦争保険臨時措置法、戦争死亡傷害保険法、損害保険国営再保険法（昭和16年12月）等により、国策として戦争保険を売り出したことがある。その保険が国民の生活安定に寄与したか。結果は惨憺たるものだった。「陸上戦争保険」は収入保険料に対して支払い保険金が約63倍にもなり、「戦争死亡傷害保険」、「海上戦争保険」は約5倍となった。支払いに当たった保険会社は、買っていた「国債」を当てたが、その国債はすぐに紙くずになってしまった。保険に加入したが、保険金を受け取れなかった人も多くいたと聞く。

第二次世界大戦が終わった時、戦争に「動員」された損保産業は、敗戦によって壊滅的打撃を受けた。さらに、国民や企業の資産が戦争によって消滅してしまい、保険市場そのものが失われていた。

戦後、損保産業は、多くの産業と同様、ゼロからの出発であった。

損保産業の再建に携わった先輩たちは、「損保産業は戦争で発展する産業ではなく、世界の平和や日本経済の健全な発展と国民生活の向上とともに成長し、その発展と向上を支える産業」だと位置づけた。「国の政策である戦争」の流れに組み込まれた時、どんなひどい結果となるか、その恐怖を身にしみて感じたからである。

損害保険の科学性や商業ベースでの合理性は、他の平和産業と同様、平和であるときにのみ成り立つものである。

（松園新聞「保険コラム」平成26年5月号）

テレサ・テン

「アジアの歌姫」と呼ばれたテレサ・テン（中国名・鄧麗君）の命日は、５月８日である。

私は、日本で歌っていたときの彼女にあまり関心がなかったが、死後、政治に翻弄された彼女の人生を知ってからよく聞くようになった。

日本の歌がアジア諸国で歌われるようになったのは、彼女の功績が大きい。彼女の歌う「昴」（作詞作曲・谷村新司）と「北国の春」（作詞いではく・作曲遠藤実）は特に有名になった。前者は、どんな逆境でも胸は熱く我は夢を追い続けるとスケールの大きい歌だが、テレサは、中国語で「平和と自由を求めて我は行く」と歌った。後者は、望郷の思いに北国の風景が重なる。テレサは台湾で生まれたが、両親の故郷は中国だ。自分の故郷も中国だとの思いが強かったに違いない。

出身の台湾では、彼女の歌が国の中国向け放送に利用された。逆に中国では禁止されたが、歌は海賊版などで広まった。

テレサは、中国の民主化運動のさなか、香港で行われた反政府活動弾圧事件・天安門事件（1989年6月）の抗議集会に参加した。集会では中国の民主化実現を訴え、歌で民衆を励ました。北京でも歌いたいと意欲を見せていたが許されなかった。

1995年5月8日、タイのホテルで急逝。42歳。喘息の発作であった。台湾で国葬のあと、火葬されず、防腐加工などを施されて土葬された。50年は生前の姿であり続けるという。台湾でこのように眠るのは、蔣介石、蔣経国、テレサ・テンの三人だけである。

多くの人がその死を惜しみ、その早さを悔む。だからだろうか、今でも彼女の死には政治的な謀略説が付きまとっている。

（機関紙「春の風」平成26年5月号）

ガキ大将

60年以上前になるが、私が幼いころは近所に5、6歳から中学生までの10人ほどがいつも集団で遊び、行動していた。それを取り仕切っていたのが、いわゆる年長のガキ大将であった。大将の暴走で危険な遊びもしたが、大将は幼い子にはしっかり遊びを教え、上の子は下の子のめんどうをよく見るように目配りもしていた。いま思うとよく統率のとれた集団であった。

けんかが始まると、両方の言い分を聞き、どっちが悪いか判断し、悪い方に謝るよう指示をした。どうしても気がすまなければ、なぐり合いのケンカもさせた。そんなときでも、「道具を持つな」と素手でやらせ、「顔を殴るな」とルールを決めた。途中で、「もう終わり。そこまで」と中に入って止めもした。だからケガをすることもなかった。子どもたちはそのなかで、集団生活を身につけ、ことの善悪を学び、殴られた痛みを知った。

ガキ大将とはいえ、その集団のリーダーとして信頼と一定の権威をもっていた。けんかを始めた子どもたちに、「俺はこっちの見方だ」などと脅すようなことはなかった。そんなことをすればリーダーとして認められず、相手の憎しみを買い軽蔑される。そう、子どもも心に分かっていたのだ。

今、政府は集団的自衛権の行使容認へと暴走している。積極的平和主義を口にして、一方に加担して、一緒にけんかをしようとしている。そこには、双方の言い分を聞き、善悪の判断をし、道理のある説得をしようとする姿勢はない。

戦争をしないという憲法があってこそできる外交努力の発想もないようだ。「戦争をしない国」だと世界が認めている日本への信頼と権威を捨て、ただ、同盟国と一緒に戦争ができるようにしたいだけである。これでは、国際社会のリーダーにはなれない。

一国の総理をガキ大将と並べては失礼だが、私にはそう見えてしまうがない。

（機関紙「春の風」平成26年6月号）

歴史を繰り返す

今年は、敗戦から69年目だ。この時期になると毎年各紙は終戦特集を組み、少なくなった体験者の話や識者の評論を掲載する。おおかたは、戦争の悲惨さを訴え、2度と繰り返してはいけないと結んでいるが、今の政治情勢に危機感を持っている筆者も少なくなかった。私は、8月16日付「岩手日報」に思想家の内田樹（うちだ・たつる）の一文に興味をもった。『歴史を繰り返すのか』と題する一文で、氏は、集団的自衛権行使の閣議決定に対するアメリカ政府の関心の低さと、先の大戦での日本指導部のありようから将来を論じている。

閣議決定は、「これからは、軍事的にもアメリカの下働きをします」と宣言した。アメリカは「はい、どうも（ありがとう）」と大統領の副補佐官を通じてコメントを出しただけで、そっけなかった。

アメリカ政府は、69年間まがりなりにも日本国憲法を尊重してきた。平和を守ってきた憲法9条を日本政府が事実上破棄したとても、アメリカが感動的なコメントを出すはずもない。氏はそう述べた後で、こう発想する。

先の大戦後、戦犯として裁かれた25名の指導者は、「開戦には反対だったが、ほかに選ぶ道がなかった」とみな無罪を主張した。安倍政権の集団的自衛権容認をきっかけに、日本が「次の戦争」に巻き込まれたとする。戦後、その戦争犯罪が裁かれたとき、出廷した日本政府の要人たちは、たぶんこう主張するだろう。

「私たちは戦争には反対だった。だが、アメリカに追随する以外に道はなかったのです」

いつ、どこで、誰と、どのような戦争をするかは、日本政府に決定権がない。作戦統制は米軍である。だから日本には責任がない。よって、私たちは無罪である。かつての論法である。彼らは歴史を繰り返すのだ。

世論の熱が低いのは、日本が責任を取ることはないだろうと国民の多くが思っているからではないかと氏は言うが、だが、はたしてそうだろうか。
閣議決定の本質がまだ明らかになっていないだけだ。そう私は思うのだが。

（機関紙「春の風」平成26年9月号）

違和感

総選挙（第47回・12月2日公示・14日投票）の開票が終わってから1週間もすると、選挙結果を話題にするテレビ番組はなくなり、年末の賑やかなテレビ番組が延々と続いた。

その多くはない選挙の報道番組を見て、どこか違和感を覚えた。

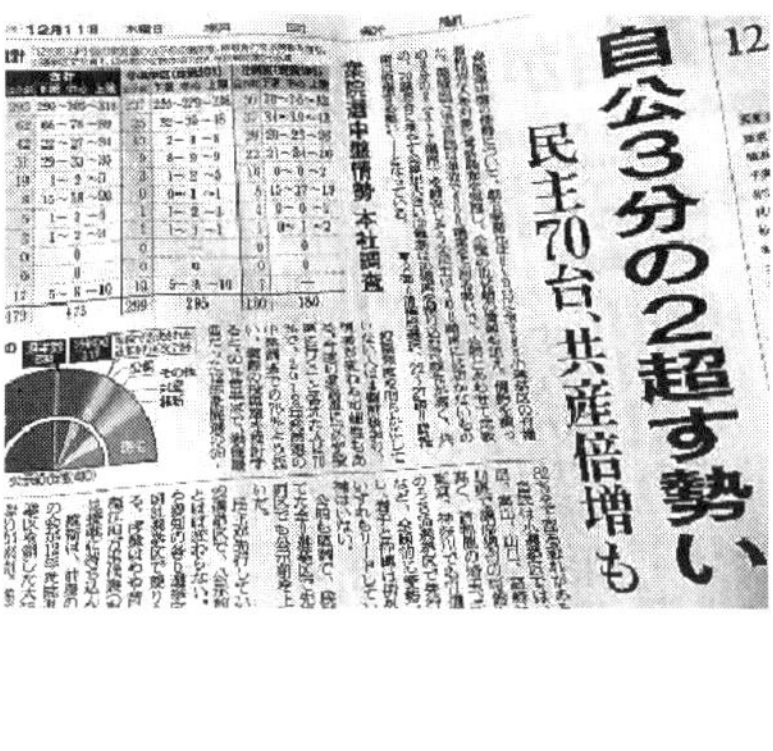
自公3分の2超す勢い
民主70台、共産倍増も

選挙結果でまず目に付くのは、沖縄で基地反対派が全員勝利したことと日本共産党の議席が2・6倍になったことだが、番組はまったくと言っていいほどこれを無視している。おおかたは政権与党の圧勝一色だ。せいぜい、基地問題の政府対応が難しくなったとか、弱い野党のなかで政治に対する批判票の受け皿になったとコメントするぐらいだ。それが違和感のひとつ。

ふたつ目は、投票率の低さを嘆いていることだ。

戦後最低の52・66％だったが、投票率が低いのは、「郵政選挙」「政権交代選挙」のような明確な争点がなく、かといって委ねる野党がひ弱だったから有権者の約半数が投票しなかったのだろうと言う。

与党の争点隠しを暴くこともなく、獲得議席数の予想と「政権与党の圧勝」の予想を報道し続けたマスコミが、投票率の低さが民主主義の根幹にかかわることだと言うなら、まず自らの報道を検証しなければならないだろう。

それからもうひとつ。自民・公明両党の得票率（比例代表）が50％に満たないのに議席の70％近くを得る選挙制度の異常さを指摘する者もまずいないことである。

この選挙に先立ち、自民党は主要なテレビ局とNHKに、「公平中立、公正」を求める細かい要望書を出した。一見、「もっともな要望」のようだが、出演者の発言回数や時間、ゲスト出演者の選定、テーマ選び、街頭インタビューや資料映像の使い方にまで注文をつけている。

現場では、これは実現不可能なことで、結局、明確に自民党支持のコメンテーターを必ず1人は置け、自民党支持の映像は必ず流せ、ということになると言っている。

この要望書について、あるコメンテーターが文書を掲げ、「マスコミが萎縮しないだろうか」と言っていたが、もっともである。政権のもっともらしい露骨な「マスコミ対策」と、マスコミの「無批判報道」がきわだった選挙だった。


（機関紙「春の風」平成27年1月号）

戦後70年

72回目の正月を迎えた。私にとっては6巡目の干支、羊（ひつじ）年である。今年はまた戦後70年の年である。戦後の年に生まれた人は70歳になり、戦争を知っている人はそれ以上の人、ということになる。

「もはや戦後ではない」が流行語になったのは1957（昭和32）年のことである。前年発表の経済白書に、戦前の最も高かった昭和10年ごろの実質国民総生産（GNP）を超えたという意味でこのことばが使われ、流行した。

日本経済は、戦争のために20年間も足踏みをしたのだ。

20年もかかったのは、日本が行った戦争が自国民の人命を軽視し、徹底して生活を切り詰めさせ、基礎的な生活条件をも破壊してすすめられた戦争であり、敗戦必至になっても戦い続けた結果であった。ナチス・ドイツでさえ、敗戦の直前まで開戦時の消費水準を保ったのとは対照的である。

その後、国民の総力戦で経済の再生・自立を目指す。さまざまな要因があったが、技術革新などにより日本経済の自立化は進み、技術立国の地位を築いていく。

私が20代のころ、賃金が月額1万円、2万円と毎年上がった。ある時、上司が「ようやく日額1万円になった」と喜んでいた。年収が365万円になったのである。消費者物価指数があれから3倍以上になっているかもしれない。今の感覚では年収が1000万円を超す金額になるだろう。

あのころに、車を買い、家を建てた同僚は多い。「所得倍増」「国民総中流化」が叫ばれていたときだ。インフレも進んだが、所得分配の相対的な平等化が進んで国民の購買力は増した。それが日本経済の発展に欠かせない重要な要因であった。

その後も所得分配の平等化は維持され、進んでいるのだろうか。声高に経済成長だけを言うが、永遠の経済成長はあり得るのか。近年の経済成長は国民を豊かにしているだろうか。おしなべて貧しくなってはいないか。

終戦のとき、私は2歳だった。何の記憶もない。かすかな記憶は小学校に上がるころからだから、5、6歳のころからである。とすれば、戦争の記憶は75歳以上の人たちにしかない。その人たちとは、人口8、9人に1人の「後期高齢者」ということになる。戦中戦後の歴史を俯瞰してものを言う証言者は少なくなっている。

安倍首相は「戦後レジーム（戦後に出来上がった政府の体制や制度）からの脱却」を目指すと言っているが、それはどんな形のものだろうか。平和で国民の生活が豊かで、国際社会に貢献できる日本を目指すものだろうか。

マスメディアは、今年、どのような特集を組み、この70年をどう総括し、これからをどう描き出すのか、注視をしたい。

今年は、政治・経済のどちらも節目の年になりそうな気がする。

（松園新聞『1000字の散歩6』 平成27年1月号）

年度末

3月は、国をはじめ地方自治体の会計年度最後の月である。

この会計年度を採用している多くの企業も、今月末をもって帳簿をしめて決算を行う。年度初めに決めた売上計画が未達であれば、追い込みで売り上げを伸ばそうとするし、予算を消化していなければ急いで消化しようとする。社会人になる生徒や学生が運転免許を取得しようと自動車学校が込み合う。人事異動もこの時期が多く、なにかと忙しい月である。

会計年度が4月に始まり3月で終わる国は、日本、イギリス、カナダ、インド、デンマークなどで、そう多くない。アメリカは10月で、暦と同じ1月なのは、中国、韓国、ロシア、

2015 年 3 月　平成 27 年

Sun	Mon	Tue	Wed	Thu	Fri	Sat
1	2	3	4	5	6	7
8	9	10	11	12	13	14
15	16	17	18	19	20	21
22	23	24	25	26	27	28
29	30	31	1	2	3	4

2015 年 4 月　平成 27 年

Sun	Mon	Tue	Wed	Thu	Fri	Sat
29	30	31	1	2	3	4
5	6	7	8	9	10	11
12	13	14	15	16	17	18
19	20	21	22	23	24	25
26	27	28	29	30	1	2

多くのヨーロッパ諸国である。
日本がこの会計年度を採用したのは1885（明治19）年のことだ。そのいきさつには、農家の収穫が終わり、税金の徴収が4月1日からが適当だったとか、農作業が始まる区切りの月とか、イギリスを見習ったとか、いろいろあるようだ。

日本の学校年度も同じで、3月は卒業の月である。

学校年度も国によって異なる。日本は4月からだがアメリカ、カナダ、ヨーロッパ、中国は9月で、韓国は3月である。日本の卒業式は、始業式・終業式・入学式などと並ぶ大きな学校行事である。

卒業式という儀式は、日本以外では韓国ぐらいである。西欧諸国では、課程終了が公的試験によって認定されるため、卒業という考えはない。あるのは学位授与の式典である。盛岡に留学した学生の卒業祝いに、アーラム大学（アメリカ・インディアナ州）に3度行った。われわれの感覚では卒業式だが正しくは学位授与式で、5月初めであった。

いつだったか、日本の大学が入学時期を9月に検討すると発表したことがある。世界の学期開始が9月である国が多いことが理由だった。
たしかに、国際化が進む中で世界の大学に留学するにも、留学生を受け入れるためにも学校年度が合っていれば都合が良い。高校卒業後に外国の大学で学びたい生徒もいるだろうし、日本の大学に入学したい外国の生徒もいるだろう。学びたい意欲を制度がじゃまをしてはならないと思うから、私は、おおいに論議してもらいたいと思ったものだ。

ただ学校年度がそうなれば、甲子園を目指す球児は大学入試と重なってしまい、異論が出たとも聞いた。入学式や卒業式の季語が、夏か秋に変わってしまうし、合格を知らせる「サクラ・サク」の電文も他の花に変えなければならない。定年退職の時期も年度末が多いから、新卒採用の時期とずれてしまう。いろいろ支障はありそうである。
この話、検討が続いているのだろうか。検討している話も聞いたことがないから、どうも立ち消えになってしまったようだ。

（機関紙「春の風」平成27年3月号）

論理と知性への攻撃

今の政治に対しする懸念を、この欄で何回か書いてきた。今、安保関連法案の審議中だが、安倍内閣は会期を大幅に延長してまでも法案を成立させたいようだ。

去年7月、「集団的自衛権行使を容認する閣議決定」されたが、それを支持する世論はいっこうに増えずに、関連法案の審議に入ってから「反対」「急ぐべきでない」が増えている。

国会での参考人として呼ばれた憲法学者が、「違憲」または「違憲の疑いがある」と述べ、歴代の法制局長官も、「違憲」「逸脱」との意見を述べた。だが、政府は「国を守るのは学

者ではない。政治家だ」と切り捨て、長官歴任者の意見も「情勢が変わった」としてこれも切り捨てた。

憲法学者の意見は、長年研究してきた「知性」として尊重すべきであるし、長官歴任者の意見は、憲法や法体系から長年積み重ねてきた「論理」であるはずだ。そもそも、参考人として呼んでおきながら一瞥もしない態度は失礼ではないかと私は思う。

国民の知る権利（特定秘密保護法）を制限し、朝日新聞やNHKなどのメディアに干渉（昨年総選挙）し、大学の自治を攻撃（人文系縮小・廃止）する。それは、国民の物事を知り、考え、判断する能力、すなわち「知性」を抑え、それを奪おうとする攻撃である。

その後、憲法研究者大多数が反対の声明に賛同し、多くの団体が組織され、多くの著名人が反対の声を上げた。声は保守革新といった政治的な立場を越えて広がっている。

自分の持っている理論と知性から、今の政府の態度と法案の危うさを判断しているからだ。「沖縄の新聞をつぶせ」とか「マスコミを懲らしめるには広告収入を減らせばいい」とかの発言が出るのは、軽いノリからではなく、すでに論理が破たんし、知性が崩壊しているからとしか思えない。もう暴走である。

私はかつてこの欄で「戦争と損保産業」という文を書いた。少々長い文章だがまた書く。『敗戦によって壊滅的打撃を受けた損保産業は、多くの産業と同様、ゼロからの出発であった。損保産業は日本経済の健全な発展と国民生活の向上とともに成長し、それを支える産業である。保険の科学性や商業ベースでの合理性は、他の平和産業と同様、平和であるときにのみ成り立つものなのである』

軍需産業の一部は防衛費が増えると期待しているようだが、間違いなくそうなるだろう。その費用はいずれ税によって国民が負担することになる。

先の大戦から学び、その教訓から70年積み重ねてきた「論理と知性」が攻撃されている。そして国の形がいびつになっていく。そうなってはならない。

（松園新聞『1000字の散歩10』平成27年7月号）

思考停止

知人と「安全保障関連法案」について話し合っていたとき、「思考停止」ということばが出てきた。

彼は、野党がこの法案を戦争の危険が増す法案だとレッテルを貼り、マスコミがそこだけを報道しているから国民が思考停止に陥っていると言うのだ。思考停止に陥っているのは、そちらではないかと反論したが論を譲らない。

そこで、このことばについて考えてみた。

思考停止とは、文字通り考えるのをやめることである。きちんと論証する手間を省いて「自分は正しく、相手は間違っている」と決めつけるために使う「手抜き」の用語でもある。

哲学者・池田晶子は、「考えることをやめて、信じることにした状態」が「思考停止」だと言っている。「思考停止」は信じる作用と強く結びついているということだ。

「国を守るのは政治家だ」「反対の人にも理解していただく」「憲法判断は裁判所。学者ではない」と発言し、国民や識者の声を聞こうともしないのは、自分の意見が絶対正しいとの思い込みか、問答無用の態度から来るものである。論理が矛盾し破綻しようが何も受け付けない。これこそ「思考停止」である。「この法案で、戦争の危険はなくなる」などは、「信じることにした」状態だ。

思考停止は、他人のせいにすると陥るといわれる。これほど風当たりが強いのは、野党、マスコミ、憲法学者、文化人、著名人、法曹界、若者らが反対しているから、そのせいで国民の思考が停止していると他人のせいにするのであれば、これもまた思考停止と言えないか。思考停止は良くあることである。信じることも否定はしない。だが、疑問に答えず、「手抜き」のまま、あえて「権力」で進めようとしているのであれば、それは危険極まりない。

彼が主張する、「国民が思考停止している」はどうだろう。今も、この法案に賛成の論陣を張っている全国紙もある。他の新聞も法案への疑問や審議の進め方、政府の姿勢に危うさを指摘しているのが多く、反対の意志を明確にしているものはそう多くはない。テレビでもそんなものだ。それでも、世論調査の結果のたびに法案に反対する人が増えている。著名人が、テレビや新聞紙上で態度を明確表明にするようになり、行動に立ち上がる層も広がっている。国民の思考は停止しているのではない。むしろ動いていると言えないか。

ひとつの意見や見解を述べるときには、それまでの思考過程を整理してまとめなければならない。まとめるためには、それへの思考をいったんは停止することになる。だから、この文章を書いている自分も、今は思考を停止しているとは言える。

（機関紙「春の風」平成27年8月号）

薄氷を踏む

　昨年末、ある新聞の見出しに「来年度予算案・財政再建まだ『薄氷』」とあり、別なページには「アメリカの利上げに『戦々恐々』」とあった。薄氷は、「薄氷を踏む」の意である。記事を書いたのは違う人だろうが、どちらも出典が同じだったので目に留まった。

「戦々恐々」も「薄氷を踏む」も、『詩経』小雅・小旻（しょうびん）から出た慣用語である。誰でも深い淵のほとりに立てば落ちることを恐れ、薄い氷の上を渡るときは割れることを恐れる。そんな状況を表すときによく使われる。このことばは長い詩文の末尾の行に出てくるが、その前にはこんなことが書いてある。

『その政治を謀ってみれば乱虐にして止まらず、何れの日にか必ず破れん。善き上言には従わず、善からざるを重ねて用う。我その政治の謀るを視るに、甚だ憂いてこれを病む』

悪政が続いているが、いつかは必ず敗れる。良い政策は行わず悪いことばかり重ねているのをみると心が痛む。

『哀しいかな政治を為すに、先哲の道に習うに無く、天下の大道に則るは無し。卑近な言葉に動かされ、浮薄の論に是非を競う』

哀しいかな良き先例に従わす、大道にも従わない。くだらないことばかり言い、あさはかな論を振りまわす。

『国の混乱やむこと無きも、中には知徳優れし者があり然らざる者もあり。民間に多くは無きも、明哲なる者があり、才覚優れし者があり、恭敬なる者があり、政才優れし者あり』

国が乱れていても、優れた者はいることもいないこともある。だが、民のなかには優れた者は少なからずいるものだ。

『人才あるも用いられずに流れゆく、沈みて皆な共に敗れること無かれ』
その賢者を採用しないまま汚濁のなかに混じって流され、国が敗れることになってはならない。

『戦戦兢兢、深淵に臨むが如く、薄氷を踏むが如し』
と、何ごとも謙虚で慎重にと結ぶ。

この『詩経』は、紀元前900年から700年の中国最古の詩集を孔子がまとめたものだといわれている。その中のひとつであるこの詩は、今の日本を言っているような気がしてならない。

民と一緒であれば政治は治まると私は読む。だが、「戦々恐々……」は付け足しで、くだらない論議をしているのは民である。そのなかにも政策の理解者はいるのだから国を改革するためには怖がらずにドンドン行きなさい。と逆に読む政治家もいるようだ。

薄氷といえば、幼いころ、道のあちこちにあった水溜りの薄氷の上を滑って遊び、壊しながら登校したことを思い出す。氷のかけらを蹴飛ばしながら歩いたりもした。田んぼに張った氷にも乗った。家の近くに溜池があって、氷が張ると岸の子どもたちと手をつないでおそるおそる氷に乗って池に出て行った。ひびが走るとあわてて戻ったりして遊んだものだ。怖い記憶はあまりない。スリルを楽しんだ方だけが残っている。

もう池はなくなり、田んぼに氷が張ることもない。道路が舗装されて水溜りもなくなった。今の子どもたちは、あの薄氷を踏んで蹴飛ばして歩く楽しみも、足元の氷がひび割れて池に落ちそうになるスルリも味わうことはまずない。だから、「薄氷を踏む思い」と言っても分かるまい。

（機関紙「春の風」平成28年2月号）

投書欄

古いアルバムに、新聞の切り抜きが貼ってある。『わたしの席』という欄に載った私の投書記事である。『高3のときにデモをした。その批判が投書欄に載ったので反論した。その後も2度ばかり再反論が載る。しばらくはデモ問答だった』

と、メモ書きがしてある。

日付が書いていないが、このデモとは、1960（昭和35）年の安保闘争のときのことである。

わたしの席

高校生として一言

▽一日付け〝私の席〟欄に掲載された意見について一言、高校生として私の意見も聞いてください。「学生の本分を忘れた」といってましたが、もちろん学生は人間完成のため、まい進するのは当然でしょうが、あの場合、未完成のわれわれにも民主主義の堕落したようすは新聞、ラジオで明らかでした。安保条約も私にはよくわかりませんが、十年の期間なら私たちは二十七、八歳にまでなっています。それなら安保が関係するのはこんにちの高校生、大学生がほとんどではないでしょうか。

▽でもよく知らない安保については何もいわない。学生が政治に耳を傾けて批判しあうことは許されて、なぜ表現はできないのだろう。学生である以上勉学がより大切であろうが、その悪い政治が教育に全然影響しないとだれがいいきれるでしょう。

▽私たちは選挙権もありません—だからこそ、この考えをぶちまけることのできるのは有権者のみなさんと考えます。つまりいままでのマンネリズムになっていた重大な投票と政治への傍観的態度（この傍観的態度が一番危険だと私は思います）この点の反省を有権者に望んで市民の政治への関心を新たにするにはデモが一番訴えやすいと考えます。

▽「節度ある態度」とはあのような政治を傍観しろというのではなく、デモのような行動をとるなというなら、学生が心配しないような政治をする立派な人を国会に送るよう政治への批判、関心をもってくださいとあえていいたいものです。（盛岡市・一生徒）

高校生として意志表示すべきかどうか。訴えるのは「安保」なのか、今の政治のあり方なのか。抗議集会とするかデモ行進か。全校で討論となった。担任は教室に張り付いて自粛を説いたが収まらず、授業は1週間ほど麻痺したと記憶している。最後はデモ決行派と抗議集会派に別れてしまったが、私はデモ派に加わった。

翌日の新聞に写真入で記事が載った。行進の先頭の近くにいたから私も写真に写っていたはずだが、その記事は残っていない。当時、高校生がデモ行進をしたのは山口県の萩高校だけだと聞いていたが、全国でもめずらしいことだった。

2、3日後から、新聞の投書欄に、「学生の本分を忘れた」、「デモは過激で良識ある態度ではない」と非難する投書が各紙に載った。「政治に関心を持ち批判することは良いとしても、「デモという表現は行き過ぎだ」と、好意的なものもあったがやはりデモはいけないと言う。それに反論した投書がこの切抜きである。

学生の本分とは何か。良識ある態度とは何か。批判することは良くて、行動で表現するのがなぜいけないのか。そんなことをずいぶん力んで書いている。学生が心配しないような政治家を国会に送ってくれと、注文まで付けている。今読むと、けんか腰の文章で赤面の至りである。

学校ではその後、デモ派の一人ひとりを職員室に呼び、注意をしたようだ。だが、私は逃げ回った。集会派は問題にされず、デモ派だけが怒られる理由がないと思ったからだ。

昨年、「安全保障関連法案」に反対する大学生がシールズ（自由と民主主義のための緊急行動）を結成して今も活動している。高校生はティーンズ・ソウルを組織して、ネットで呼びかけ、デモを行っている。そんな彼らを、新聞やテレビはあまり批判的には扱ってはいないし、非難する投書も目にしない。むしろ、たのもしい若者と評する記事が多い。

今は、高校生が自分の政治的意見をだいぶ自由に表現できるようになった。また、それを責める社会でもなくなっている。他国に遅れたが18歳から選挙ができるようにもなった。そんな時代になったのだ。若者も大人もずいぶん変わったものである。それは社会の進歩と言うべきであろう。

ここまで進歩するのに56年もかかったとすれば、少し時間がかかり過ぎたような気がしないでもない。

（機関紙「春の風」平成28年3月号）

Ⅳ ウサギ追いし

赤とんぼ

かつては、赤とんぼの大群が夕焼け雲の下を流れるように飛んでいた。今はそんな光景を見ることはまずない。だから、思い出して恥ずかしいと思うこともなくなった。

『赤とんぼ』（三木露風作詞・山田耕筰作曲）の一番の歌詞は、「夕焼け小焼の／赤とんぼ／負われて見たのは／いつの日か」だが、「負われて見たのは」の歌詞を、ずっと「追われて」と思っていたのだ。

何かの時に、おんぶされた背で見た光景だと言われた。中学のときだったろうか。反論しそうになったが、確信に満ちたそれに躊躇して何も言えなかった。詳しいいきさつは忘れたが、恥ずかしい思いをしないですんだことだけはよく覚えている。

この歌を聞き、口ずさむとき、いつも自分が追われて高い空に逃げたトンボになっていた。暮れなずむ夕焼け空の下を、トンボになって飛ぶ自分がいる。陽の落ちた西の山々から、赤く染まった雲が上空に広がっている。稲刈りの終わった広い田んぼの中に小さな生家が見える。何の違和感もなくトンボになって上空から見る光景を想像していた。

こんな思い違いは誰でもあるようだ。『荒城の月』（土井晩翠作詞・瀧廉太郎作曲）の覚え違いを向田邦子が随筆集『眠る盃』の中で書いている。「春高楼の／花の宴」ここまではいい。次の「めぐる盃／かげさして」が、どうしても「眠る盃」になってしまうというのだ。子どものころ、家に客が来て宴のあとのテーブルに、酒の残っ盃があった。残った酒が眠っているように見えて、そう覚えてしまった。子ども心に覚えてしまったのは、いつまでも忘れないものだとある。

私も、『赤とんぼ』の歌を聞くと今でも反射的に赤とんぼになって空を飛んでしまう。そのたびに、あわててそれを地上に戻している。

空いっぱいに飛び回る赤トンボの群はどこに行ってしまったのだろう。消えたのはなぜだろう。それは気象の変化や開発による湿地や池の減少など、いくつもの原因が複雑に絡み合ってのことだろう。その原因が何であるかは、環境の変化に敏感な生き物たちに聞くのが一番だ。「追われて」大空に飛び立ったら、しばらくそのまま飛んでみよう。彼らに会ったら何かが聞けるかもしれない。今のうちに聞いておかないと手遅れになりそうだ。そんな気が今でもする。

子どものころに見た夕焼けと赤とんぼは、私たちの原風景だった。あの光景は、もうなつかしむだけのものになってしまうのだろうか。

（機関紙「春の風」　平成24年11月号）

シクラメン

今年も、シクラメンの予約セールと展示即売会の案内が届いた。もう10年以上も付き合っている種苗店からである。この案内が届くと年末が近づいたと思うようになる。

この花は12月の誕生花である。花茎が弧を描いていることから、ギリシャ語の円を意味するシクラメン【Cyclamen】が、学名となった。周期を意味するサイクル【cycle】も同じ語源からきているからスペルが似ている。花言葉は、「内気」「はにかみ」である。これも花茎が円い弧を描いて、いつもうつむいているように見えるからだろう。

この花が日本に渡ったのは明治の時代だが、普及し始めるのは昭和40年代以降である。そのきっかけが、1975（昭和50）年の4回目の『東京音楽祭』で、布施明が歌ってヒットした小椋佳作詞作曲の「シクラメンのかほり」である。

この歌がヒットしたとき、（シクラメンの花ってどんな花？）と思って、花屋さんに見に行った記憶がある。私が知らなかっただけかもしれないが、そのころ、そんなに見慣れた花ではなかった。歌の力は大きいものである。この歌のヒットにより、シクラメンはいっきに普及した。

この花に香りはない。その後、香りのある花も開発されたようだが、どんな匂いなのか私は知らない。「かほり」は「かをり」の表記誤りではないか、などの話が出た。だが、この曲は、作者の小椋が自分の妻の「佳穂里（かほり）」に宛てた愛の賛歌で、妻を美しいシクラメンに見立てて歌の題名に入れたというのが真相のようである。

毎年、3、4鉢を買って、お世話になった人に贈っている。

こつさえつかめば何年でも花が楽しめるそうだ。ただ、和名が「豚の饅頭（ブタノマンジュウ）」では、ちょっと興ざめではある。


（機関紙「春の風」平成24年12月号）

津軽あいや節

亡くなった家内が津軽の出なので、たまに弘前に行く。その時は、できるだけ津軽三味線の演奏が聴ける店に出かけるようにしている。弘前にはそんな店がいくつかある。そう広くない店だから生演奏でも迫力がある。つい聞き惚れて飲む方がおろそかになってしまうが、体に響く三味の音を聞きながら飲む酒は快いものだ。調子に合わせてつい体を揺すってしまうのは酔いばかりではなく、その調子によるものだ。

津軽三大民謡とは、津軽三ツ物と呼ばれる「津軽じょんから節」「津軽よされ節」「津軽

「小原節」を指すが、五ツ物には、これに「津軽あいや節」「津軽三下がり」が加わる。「じょんから節」は、ダイナミックなテンポと力強さが魅力だ。「よされ節」の、のどかさ、「小原節」の繊細さも良い。

私は、何といっても「あいや節」である。テンポもよく、力強く繊細、哀調も帯びてキレも良い。三ツ物の良いところが詰まった曲だと思っている。

この唄は九州・熊本県の「牛深ハイヤ節」が源流で、北前船で日本海を北上し、新潟（佐渡）では「おけさ」となり、津軽に入って「津軽あいや節」になったという。だからだろう「佐渡おけさ」の哀調を帯びた雰囲気を残している。

この歌の手踊りも好きだ。踊り手が曲に合わせて正座、客に頭を下げて始まりそして終わる。津軽の手踊りはだいたいはそうだが、それにも好感を持てる。何といっても曲のテンポと踊りの切れの良さが魅力である。なめらかな体と手の動きは「佐渡おけさ」に通じるが、振りの速さに一瞬の「止め」が力強さと切れを際立たせている。和傘や大き目の扇子を使うがそのさばきもよい。

唄はもともと素朴なものであったようだ。

三味線の唄づけ（伴奏）は、唄い手の即興に応じて演奏をしなければならない。そのため演奏には高度な技術が要求され、それに助けられて唄も技巧的なものになっていく。唄と三味線が競い合って生まれた唄なのである。

津軽三味線は、即興が基本であるから楽譜はない。だから、奏者によって音のキーもテンポも違い、強さも響きも異なる。

聞いて心地よい自分に合った奏者を探し出すのがひと苦労ではある。私も、何枚かのCDを持っているが、たまに聞くのはそのうち1枚だけになっている。

来月になったら、「ねぶた」より好きな、「ねぷた」を見に行こうと思っている。その時、生の「あいや」を聞くつもりである。

（機関紙「春の風」平成26年7月号）

ウサギ追いし

東日本大震災後の被災地で支援コンサートが開かれ、そのニュースがテレビで放映されていた。最後にみんなで唱歌「ふるさと」を合唱し、歌うお年寄りがアップで映されて番組が終わった。

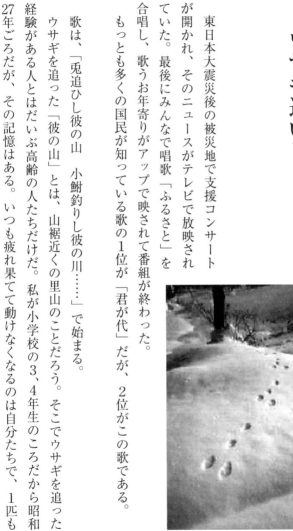

もっとも多くの国民が知っている歌の1位が「君が代」だが、2位がこの歌である。

歌は、「兎追ひし彼の山　小鮒釣りし彼の川……」で始まる。

ウサギを追った「彼の山」とは、山裾近くの里山のことだろう。そこでウサギを追った経験がある人とはだいぶ高齢の人たちだけだ。私が小学校の3、4年生のころだから昭和27年ごろだが、その記憶はある。いつも疲れ果てて動けなくなるのは自分たちで、1匹も捕ったことがない。通り道にワナを仕かけたがそれもだめだった。

近くの滝名川（紫波町）ではカジカをヤスでついた。たまに、4、5人で川辺のクルミの枝を折ってきて、上流の浅瀬でその葉を石で叩いては揉んで汁を流した。しばらくすると下流のよどみで、ウグイ、ハヤ、オイカワが浮きあがり、渕の奥でコイやウナギ、大きなナマズがうごめき出た。フナは黒沢川で釣った。川は泥の川で流れは濁って遅く、渕が多い川だったから釣ることしかできなかったのだ。


歌は、「如何にいます父母　恙無しや友がき……」と続く。

どこの農家も家を継ぐのは長男と決まっていた。わたしが高校に入るころ耕地整理が始まり、あちこちでブルドーザがうなった。ウサギを追った野原も、栗やドングリを拾った林も消えた。直線の農免道が縦横に走り、一面たんぼに変わった。もう小さい農家の人手はやっていけず、将来の展望はなくなった。そんな時、長男だった私はサラリーマンになって郷里を離れた。日本のあちこちを転勤で回っている間、両親は農業を続け老いていった。その間、私は地元の友人とも疎遠になっていった。

歌詞の3番は、「志を果たして　いつの日にか帰らん　山は青き故郷　水は清き故郷」

で終わる。

どこの転勤先でもいつかは故郷に帰ろうと思っていた。そして平成8年、30年ぶりに郷里に戻った。そこにはウサギの走る野原は消え、魚を捕った川は護岸工事で単なる水路になっていた。田んぼの水は蛇口で供給するようになり、ヤンマが羽化し、ドジョウやゲンゴロウがいた小川もない。たんぼの排水路はカエルをも流す深いU字溝となっていた。

この唱歌は、1914（大正3）年の尋常小学唱歌で発表されたものだ。当時の「ふるさと」とは歌の通りだったろう。それもせいぜい昭和33年あたりまでだ。歌詞との乖離があまりにも大きく、実感をもって歌う人は少なくなっているだろう。

今の若者たちの「ふるさと」とは。彼らが描くふるさとの光景とは。それはどんな「ふるさと」なのだろうか。彼らに、この歌のようなイメージが少しでも残っているとしたら、少しは救われるのだが。


（松園新聞『1000字の散歩7』平成27年2月号）

「蛍の光」と「故郷の空」

NHK朝の連続テレビ小説「マッサン」に、スコットランド民謡が使われている。

主人公の妻・エリーが故郷を偲んで、「オールド・ラング・サイン」を歌う。昭和18年生まれの私は、このメロディーを聞くと卒業式を連想して胸がつまる。卒業式で歌った「蛍の光」の原曲だからだ。

郷愁漂うバグパイプの音がテレビの奥に流れる。「ライ麦畑で出逢ったら」という曲で、これは「故郷の空」の原曲である。

「蛍の光」は、1881（明治14）年わが国最初の音楽教科書『小学唱歌初編』に掲載さ

れて広まった。就学率がまだ50%ぐらいだったが、学校のオルガンで覚えた子どもたちが、家に帰って親兄弟に教えたであろう。それまで皆で歌うのは宴席での民謡ぐらいであった時代だ。驚きもあったろうし、新鮮でもあったろう。

蛍の光や雪の月明かりで、書物を読む日々を重ねた。今朝は扉を開けて君たちと別れていく。ふるさとに残る者も出る者も、今日限りの別れだ。思うことはたくさんあるが、お互いの「幸せ」祈ってこの歌を歌う。

友人との別れを歌っている「蛍の光」は、卒業式には必ず歌われるようになった。だが、2014年のある調査（672人・19~76歳）では、小学校の卒業式では14%、中学校では8%、高校では9%だった。10人に1人ぐらいしか歌っていないのだ。年代別は分からないが、若い年代層ではもっと少なくなるだろう。今は、デパートの閉店時間を知らせる音楽になってしまった。

夕空晴れて／秋風吹き／月影落ちて／鈴虫鳴く

「故郷の空」は、1888（明治21）年、唱歌集『明治唱歌 第一集』中の1篇として発表された。秋の夕暮れに故郷を遠く離れて暮らす人が、今ごろふるさとの両親や兄弟たちはどうしているだろうと、物思いにふける歌である。当時、故郷を離れた者の心情はそうであった。

かつて、子どもたちは親に愛されて育った。それを知っていたから、親の言いつけは守った。近所の人にも声をかけられ、ときには叱られた。ガキ大将に連れられて、道草を食っては虫と遊んだ。野にはウサギがいて川にはメダカもフナもいた。家は、田んぼや畑の中にとけこむようにあって、そこには家族がいた。

遠くの山並みの上には広い空があり、その下で集落の人たちが助け合って生きていた。気の遠くなるような年月を、そうして生きてきていたのだ。少なくとも、戦後間もなくまではそうだった。その後の、工業中心、効率中心の近代化政策のなかで故郷の風景はそう変わらずとも、人の生き方が変わらざるを得なかった。そこには人の息づかいがなくなった。

「蛍の光」が、卒業式で歌うことがなくなったのは、歌詞が

古くさいのかもしれない。受験のために、そんな感慨にふけっていられない事情もあるだろう。どこにいても携帯電話やスマホでつながっているから、「別れの想い」や「故郷への想い」にふけることもなくなってしまったからでもあるだろう。

われわれが実感をもってこの歌を歌うことは、ますますなくなっていく。日本で歌われ始めて120年余たったこの歌、いずれ忘れ去られる歌なのだろうか。

（盛岡タイムス「杜陵随想」平成27年2月）

嬉しがらせて

「もう雪は降らないでしょうね」

「いや、そう思っているとまた降るものですよ」

ほんの少し前、床屋さんでの会話だった。

暖かい日が続き、庭の雪もほとんど融けて春めいてきた。玄関先のナツツバキやナナカマドの芽がふくらみ始めていたのに、一昨日の夜にかけて湿った雪がまた積もった。思えば毎年そうだった。自然はいつも期待をもたせて、じらすものである。

つい、鼻歌が口に出た。

♪嬉しがらせて／泣かせて消えた――

『おんな船頭唄』（作詞・藤間哲郎、作曲・山口俊郎）である。民

謡で鍛えたハリのある高音で三橋美智也が歌った。歌は、♪憎いあの夜の／旅の風――と続く。１９５５（昭和30）年に大ヒットした古い歌だから、知っている人は多くはないかもしれない。

大なり小なり、期待が外れたり裏切られたりすることは少なくないものだ。そんなとき、私は、「うれしがらァせぇェて……」とこの歌が出てくる。出るのは出だしだけで、ショックが大きい時は大きな声で、小さい時はつぶやくように歌ってしまう。

この歌が流行ったのは、私が12歳のころであるから中学生になったばかりである。あまり覚えていないが、いろんなことがあったのだろう。もともと気の強い方でもなく、根にもつタイプではなかったから、悔しさと恨みを持ち続けることができなかった。早く気持ちの整理をつけようとする思いがこの歌と結びついたのかもしれない。はっきりしないが、たぶんそうだ。

「期待外れ」はと、「想定外」のことだ。ＩＴバブルがはじけたときに「想定内」が流行語になった。「想定外」は大震災のときによく聞いた。

想定外とは、自分の単純な期待に対して別な事情があったということである。それは、自分には分からなかった事情かも知れないし、もっと思いを馳せたら分かった事情かも知れない。いずれ、相手のせいではないから、自分で始末をつけなければならない。笑い飛ばすしかない時だってある。

そんなときについ口にしてしまうのがこの歌なのだ。もう癖のようなもので、ひとつの処方術といっていいのかもしれない。

明日から3月・草木の芽吹く弥生月だが、春への歩みが突然の雪で足踏みしたとしても、それが、ますます春へのあこがれを強くする。

自然であっても、いつも期待通りではつまらない。期待外れがあってこそ、人生がおもしろくもあり、味も出てくるものであろう。

（松園新聞『1000字の散歩8』平成27年3月号）

岩手山と校歌

雪のなくなった庭に出たついでに、裏の雑木林を歩いた。地表の枯葉を踏むと、やわらかい土の感触があった。まだ緑はない。木々の間から、東北農業研究センターの黒い松林が見え、その上に残雪が輝く岩手山があった。山は、少し霞んだ青空に映え、真冬の険しさを残しているが、その表情はだいぶやわらいでいる。この時季の岩手山が、私は好きである。

母校の校歌は、「秀麗高き／巖手山……」と詠っている。第7応援歌と第9応援歌の歌詞には、「北上流れ音高く／岩手山がそそりたつ……」「岩手の嶺の／残雪溶けて……」とある。これを歌うときに思い浮かべるのは、いつもこのころの岩手山であった。たぶん、そのやさしい表情が好きなのかもしれない。

岩手山は多くの校歌に詠われている。それは八幡平市、岩手郡、滝沢市、盛岡市、紫波郡の岩手山が望める小中、高校のほとんどといっていいくらいだ。

有名な作詞家と作曲家によるものも多い。「七千尺の岩手山／北上川の八十里……」と詠うのは岩手中学・高校の校歌で、「大空に岩手聳えて／大原を北上走る……」は、盛岡工業高校の校歌である。どちらも作詞が土井晩翠で作曲が山田耕筰である。

盛岡市立高校は、「岩手山／白き雲湧き／北上は／南に流る……」で、作詞が草野心平だ。

宮沢賢治が、わらじに脚半、たいまつの灯りで登った山。石川啄木が、「ふるさとの山はありがたきかな」と詠った山。

この山を仰ぎ見て育ち、校歌を歌って世に出た若者は、数知れない。どこにいてもふるさとを想うとき、彼らはそれぞれの岩手山を思い浮かべたに違いない。

その山は、まだ神々しさを残していた。

（機関紙「春の風」平成27年4月号）

応援歌練習

今ごろ、入学した高校生たちは校歌と応援歌の練習が終わったばかりではないだろうか。入学してすぐの試練が応援歌練習だろう。私も入学して早々にその特訓を受けた。昭和33年の入学だから、もう57年も前になる。その後すぐに始まった高校総体が、応援のデビューであった。

入学当初には入学式やらいろいろな行事があったはずなのだが、まったく覚えていない。思い出すのは、入学早々から始まった校歌と応援歌の練習風景だけである。

体育館に入ると、前には応援団員が並び、後ろには2、3年生の先輩たちがいた。新入生はその間に並ぶ。まず、応援団員の身なりの汚さに驚いた。まだ合格気分が抜けないと

きである。少し幻滅にも似た気分にもなったが、この高校に入学したという実感もわいたものだった。

団長は、「オッス」と言ってから、「我々は、諸君を歓迎する。我が校の伝統は……」とそんな話をはじめた。合間に後ろから、「そうだ」の声がかかる。各部が紹介され、部長が勧誘のあいさつをしたあとに、「明日から応援歌練習を始める。歌詞を覚えてくるように」と、校歌と応援歌のプリントを渡された。校歌と第10応援歌まである歌詞に読めない漢字もあった。1日で覚えられそうにもなかったが、その時は覚えようとした。

特訓が始まった。帽子の持ち方、手の振り方を教えられ、先輩たちが一度だけ歌った。「さあ歌え」と、団員の応援旗が振られ、新入生が歌い出す。すぐに、先輩の雄叫びに似た声があがり、床を踏み鳴らす音で新入生の声はかき消された。「聞こえないぞ」、「口が開いていない」の怒号が響く。団員が、並んだ生徒の間を回って耳をそばだてる。口だけを動かしていると「声を出せ」と叱られ、そのときだけうろ覚えの歌詞を怒鳴ったものだ。

こんな応援歌の練習方法には、異論もあるようだ。古くさい。入学気分が台無しになる。

生徒が萎縮する。ていねいに教えるべきだ。そんな意見のようだが、音楽を教えるのではないのだから音楽教室で習うでもないだろう。コーラスともまた違う。私にとっては、応援歌練習は浮かれた気分を引き締めてくれたし、必死に歌詞を覚えたことも今はいい思い出だ。声が枯れて苦しそうなリーダーを見て、小・中学校での遊び気分の応援とは違った凄みを感じ、今までとは違う大人の世界に踏み込んだ気分にもなったものだ。

苦々しく、嫌な思い出だけとして残っている人もいるだろうが、私にはそんな思いは残っていない。

3年ごとに開くクラス会では、必ず応援歌練習のことが語られ、なつかしむ。そして最後に校歌と応援歌を歌う。歌いだすと歌詞は出てくるものである。そこには、修羅場（?）を共にくぐった仲間意識が間違いなくある。

高校野球などの試合を観に行くと、今でも、応援団席の近くで一緒に歌ってしまう。

（松園新聞『1000字の散歩10』平成27年5月号）

夏は来ぬ

予報では真夏日になると言っていた5月の半ばに、草刈と畑仕事で生家（紫波町）に行った。耳をすませば田植えの終わった田んぼの空からせわしいヒバリの声がした。

屋敷のはずれにツツジが並び、その間に、コデマリとウツギ、マルメロの木がある。ツツジの花は盛りであったが、コデマリは散りかけていた。真ん中のウツギはまだ咲いていない。

真ん中のこの木がウツギで、花が卯の花だと知ったのはそう昔のことではない。いつだったか父に木の名を聞いたら、「さあ、なんだべな」と言うだけだった。花を見て図鑑で調

べたら卯の花で、ウツギの木だったのだ。

卯の花は、「夏は来ぬ」の歌詞に出てくるから、名前だけは知っていた。だが、歌詞からその木は垣根の木だろうと思い込んでいたから、隣の木に遅れて咲く株立ちの低木一株を気に留めることもなかったのだ。

『北海道南部から本州、四国、九州に分布し、山野の路傍、崖地など日当たりの良い場所にふつうに生育する木である』

と本にあり、万葉集にはこの花を詠んだ歌が24首もあるそうだから、昔からどこにあってもおかしくない木であるはずだ。


『夏は来ぬ』の唱歌は、1896（明治29）年に『新編教育唱歌集（第五集）』で発表された。歌詞は、卯の花の／匂う垣根に／時鳥（ほととぎす）／早も来鳴きて……である。唱歌にしては少し硬い歌詞だが格調がある。それは、作詞者が佐佐木信綱で古典文学の研究や注釈に貢献した歌人であるからだろう。

歌には、卯の花のほかに、ホトトギスや五月雨、早乙女やタチバナ、ホタル、クイナといった当時の初夏を彩る風物が歌い込まれている。戦中生まれの私にはなつかしいものばかりである。少なくともそのころは、ウツギはどこにでもあった木で、どこでもホトトギスが鳴いていたのだろう。

だが、早乙女はもう見ることができないし、どこにでもいたホタルもいなくなった。歌詞には出てこないが、ヨシキリもそうだ。今は、カッコーの声もめずらしくなって、スズメさえ寄ってこない。かつては、もっと野鳥の声がしたはずである。

卯の花を知ってから、気をつけて人さまの垣根や畑の境界木を見てきた。だが、それらしきものにまだ出会っていない。この木はどこに行ってしまったのだろう。花がないとなんの変哲もない木だから、気づかないだけだろうか。

『夏は来ぬ』の作曲が、上越市（新潟県）出身の小山作之助であることから、今年（平成27年3月14日）北陸新幹線が開業、その上越妙高駅の発車メロディーにこの歌が採用された。この時季にふさわしい旋律が高原の駅に流れていることだろう。

（松園新聞『1000字の散歩11』平成27年6月号）

泣きと涙

過日、同級生の葬儀に行った。小学校の低学年ぐらいのお嬢さんが弔辞を述べた。

お孫さんの彼女は、「おじいちゃん」「おじいちゃんと」と呼びかけ、何度も詰まりながら思い出を語った。ことばに詰まると、寺の本堂は次のことばを待って静まりかえった。もともと涙腺の弱い私は、歳とともにますます弱っているのを覚えた。気恥ずかしくなり、それとなく周りを探ったが誰も微動だにしない。

昔の子どもたちはよく泣いていた。叱られては泣き、いじめられては泣く。だが今はそんな子どもを見かけない。ふつう親は「泣いたって分からないじゃない。ちゃんと訳を言いなさい」とたしなめる。口で言えないから泣くのだが、泣かなくなったのは子どもの口が達者になったからでもあるのだろうか。葬儀で涙を浮かべる会葬者もめっきり減ったような気がする。昔は「男が泣くのは恥」と言っていたが、今は平等の精神からか、男女問わずそうなっているようだ。たしかに、人前でワンワン泣かれると目を背けたくなり、子どもの甲高い泣き叫ぶ声は癇（かん）にも障る。

だが、人前で泣くのがなぜみっともないことになったのか分からない。昔から、日本の社会と精神文化が泣くことを恥として醸成してきた結果なのだろう。

だからといって、日本人が、他人が悲しんで泣くのに無関心で冷ややかになってしまったわけではない。流行歌の歌詞には「泣く」や「涙」が頻繁に出てくる。戦前の流行歌の半数に「泣く」ということばが入っているそうだが、戦後もそれはあまり変わっていないという。決して日本人が泣くことを忌み嫌っているわけではないのだ。

１９７０代から80年代のヒット曲から拾っても、歌詞には「涙」「泣く」が数多く入っている。たとえば、阿久悠が作詞した『津軽海峡・冬景色』には、「こごえそうな鴎（かもめ）見つめて泣いていました／ああ津軽海峡……」とあり、『北の宿から』の３番には、「あなた死んでもいいですか／胸がしんしん泣いてます」とある。

演歌に限ったことではない。オフコースが歌った『さよなら』（作詞作曲・小田和正）には、「もう終わりだね／君が小さく見える／……／私は泣かないから／このままひとりにして／君のほほを涙が流れては落ちる」と歌っている。探せばいくらでもあるだろう。

どうも私たちは、悲しんで泣いている人の心を察するより、必死に悲しみをこらえ人前で泣くまいとするその心情に共感しているようである。逆に言えば、日本人は泣くことをいかに社会から抑制されているかということであり、それを深く共有しているということでもある。

過日の葬儀でお孫さんが、「おじいちゃん」と呼びかけ、詰まって次が出てこない。そんな泣きたいのをこらえて弔辞を述べる彼女の小さい胸の内、それを察してつい涙腺がゆるんでしまったのだ。


（機関紙「春の風」平成27年12月号）

音痴一代

私は、音痴（おんち）だった。

「だった」と過去形で言うのは、今は少し直っていると思っているからである。

自分が音痴であると知ったのは、小学生になって間もなくの学期末だったと思う。先生の弾くオルガンの側で一人ずつ歌わされた。調子がずれているのも何人かいたが、みな黙って聞いていた。わたしの番になった。途中で先生が、「もう一度」と言う。もう一度歌ったのだが、その途中で、「しゃべらないで、歌って」と言った。笑い声が聞こえた。恥ずかしく情けない思いだった。あとは覚えていない。自分が音痴だと知り、歌えなくなったのはその時からである。

音痴とは、『音に対して感覚が鈍い人を指す言葉であり、とりわけ歌唱に必要な能力が

劣る人を指すことば』と、ものの本にある。それは、『音程がずれてしまうメロディ音痴を指すことが多いが、リズムの調節できないリズム音痴もある』と続き、『他人に指摘されないと分からないことがある』と書いてある。

自分は、メロディ音痴なのかリズム音痴なのか分からないが、どちらにしろ、自分ではちゃんと歌っているつもりでも、歌っているのかしゃべっているのか分からないほどの音痴だったのだ。

「わが家は、歌はだめだね」

「遺伝だね」

5人兄妹で歌の話になると、落ち着くのはそこだった。父は民謡を唄っていたが、母の歌は鼻歌ぐらいしか聞いたことがない。父親似の妹はまあまあ歌うが、母親似の姉や私はからきし駄目である。

「歌など歌ったことがなかったもの」

昭和14年生まれの姉が言う。

「たぶん、それだよ」

音痴は、『正しい音階を聞く機会が少なかった経験不足からくると考えられる』とあるから、それかもしれない。

家にあった楽器は、オモチャの鉄琴とハーモニカぐらいだった。わが家にラジオが入ったのがいつかは分からないが、覚えているのはラジオから流れる川田正子が歌っていた童謡だった。「鐘の鳴る丘」や「山小舎の灯」も聞いていた気がするが、よく覚えていない。いずれ、小学校に上がるころまでは、音楽にほとんど縁がなかったことは確かだ。「笛吹童子」の曲が流れ、春日八郎や三橋美智也、島倉千代子が歌うのはその後のことだ。

小学校、中学校の卒業式での「蛍の光」も「仰げば尊し」も、ほとんど声を出さずに歌った。高校では校歌と応援歌ぐらいで、一人で歌うことはまずなかった。覚えているのは、先輩から教わった「北上夜曲」で、キャンプファイヤーを囲んで歌ったから、ひとりで歌ったわけでもない。まだレコード化されていないころである。

社会人になり、仙台勤務となったのは昭和41年のことで、以後、東京、広島、栃木とあちこち転勤をすることになる。宴席ではよく「岩手の民謡、南部牛追い唄！」と声がかかった。岩手出身だからしかたなく、変なところで息継ぎをして歌ったものだ。リズムに関係がないから唄えたのかもしれない。

　ネオン街に出かける機会も増えていった。8トラックのミュージックテープが流行っていて、歌詞カードを追いながらみな歌っていた。「はい、次。どうぞ」と順番が回ってきても飛ばしていたが、いつまでもそうできかねた。しかたなく歌いやすい歌をおそるおそる歌い始めた。そのころ覚えたのが、新川二朗の「東京の灯よいつまでも」と千昌夫の「星影のワルツ」だった。そして、大川栄策のカバー曲「目ン無い千鳥」を覚えた。覚えたといってもなんとか歌える、という程度で、たぶん、声はあまり出ていなかっただろう。

　街にカラオケボックスが現れたのは、昭和55年ごろからである。同僚がこぞって行くが、私は敬遠した。それでも、しかたなく行くことがあっていや応なくいくつかの曲を覚えた。渡哲也の「みちづれ」、都はるみの「大阪しぐれ」、松村和子の「帰ってこいよ」などであった。少しは曲に乗って歌えるようになっていた。


　今も、たまには酔った勢いで歌うことがある。

「古い曲は、いいわね」

　慰めに店のママさんが言ってくれる。だが、どうしても音痴だったことが頭にあって、今なお歌うことには臆病者だ。

新しい歌を次々に覚え、どんな歌でも歌いこなす人をみると、うらやましくもあり不思議とさえ思う。幼稚園で幼児たちが大きな声で歌っている。少し調子がずれたりしているが、すぐに直るのだろう。若い人に音痴はいないのは、やはり、遺伝ではなく幼いころから音楽に接してきたからなのだ。音痴ということばは、もう死語になっている。

「しゃべらないで、歌って」

六十数年前、先生に言われた一言で音痴を知り、それを引きずって生きてきた。昭和の終わりまで覚えた歌のレパートリーは、それから増えていない。何十年もかかって覚えた歌が数えるほどでは少々さびしい。だが、これからも増えはしないだろう。


（岩手日報「みちのく随想」平成28年1月）

【歌手】
川田　正子（昭和9〜平成8）『みかんの花咲く丘』『里の秋』など

春日　八郎（大正13～平成3）『赤いランプの終列車』『お富さん』『別れの一本杉』など
三橋美智也（昭和5～平成8）『おんな船頭唄』『哀愁列車』『古城』など
島倉千代子（昭和13～平成25）『この世の花』『からたち日記』『人生いろいろ』など

【曲】

「北上夜曲」　昭和16年　作詞・菊地　規、作曲・安藤睦夫
（昭和30年代に歌声喫茶で唄われ、昭和36年レコード発売によりヒット）
「鐘の鳴る丘」　昭和22年　作詞・菊田一夫、作曲・古関裕而
（歌・川田正子　ゆりかご会　主題歌名は「とんがり帽子」）
「山小屋の灯」　昭和22年　作詞作曲・米山正夫　歌・近江敏郎
「笛吹童子」　昭和28年　作詞・北村寿夫　作曲・福田蘭童
（NHKラジオ放送『新諸国物語 笛吹童子』主題歌）
「東京の灯よ いつまでも」　昭和39年　作詞・藤間哲郎　作曲・佐伯としを
「星影のワルツ」　昭和41年　作詞・白鳥園枝　作曲・遠藤　実
「目ン無い千鳥」　昭和15年　作詞・サトーハチロー　作曲・古賀政男

「みちづれ」　昭和54年　作詞・水木かおる　作曲・遠藤　実

「帰ってこいよ」　昭和55年　作詞・平山忠夫　作曲　一代のぼる

「大阪しぐれ」　昭和55年　作詞・吉岡治　作曲・市川昭介　編曲・斉藤恒夫

近江俊郎のナツメロ

フォレスタ・コンサート

歌はその時代を映し出し、世は歌の内容とともに移り変わってゆく。それを俗に「歌は世につれ、世は歌につれ」という。

歌は時代とともに古くさくなっていくものだろうか。

過日（平成28年4月23日）、岩手では初めてとなるフォレスタ・コンサートに友人と行ってきた。フォレスタは音大の卒業生で構成されたコーラスグループである。毎週放映されるテレビ（BS放送）番組は録画して見ていたから、ぜひ行きたいコンサートだった。

チケット発売日の売り出し時間が午前10時だった。私の周りの人間にこのグループを知る人が少なかったから、それほど人気のあるグループだと思っていなかった。それでも、早目に行った方がよいだろうと、11時ごろに会場の売り場に行った。

コンピューター画面で空席を探した係の人が、「空席は3階に少しだけ残っていますが、よろしいですか?」と聞いてきた。聞くと、発売時間の前に100人以上の人が並んだという。他の売り場に、とも思ったが、「売り切れているかもしれませんよ」とにべもない。

1991席ある岩手県民会館のホールは満席だった。男性5名、女声6名のグループは、軽妙な自己紹介、コミカルなパフォーマンスで観客を楽しませながら、男声、女声、混声で童謡、唱歌、歌謡曲、クラシック歌曲を歌い上げた。岩手出身の男性メンバーがソロで歌うパートでは拍手が沸き、彼はそれに応えた。

「荒城の月」は100年前、明治・大正時代の歌である。大津美子が歌った「ここに幸あれ」は、昭和31年、三橋美智也が歌った「古城」は、昭和34年の歌で、50年以上前の歌である。比較的新しい歌でも、もんた&ブラザーズの「ダンシング・オールナイト」(昭和55年)と、北島三郎の「まつり」(昭和59年)であった。

歌った歌が、100年、50年、30年前のものでも古さを感じさせない新鮮な響きがあった。洗練された歌詞を人間の声で歌い奏でる。人間の声とピアノというシンプルなサウンドだが、そのハーモニーや迫力は、楽器では出せないものがある。

たしかに、流行歌は世につれて変わっていく。しかし、古くなるのはことばである。変わっていくのは、楽器の進化による音である。時代の事象を詠ったことばと、流行った音は古くなっていくだろう。だが、人の普遍を詠った歌詞は古くはならないのだ。ベートーベンが古くならないように旋律もしかりである。１００年ぐらいで日本人の心情が変わるはずもない。だから、歌詞に託して日本人の心情を歌う歌はなおさらである。

帰りに岩手公園のサクラを眺めて歩き、近くの店に入った。

酔いがいつもより速くまわってきた。それは、サクラを満開にした今日の気候のせいばかりではなかった。

（松園新聞『１０００字の散歩22』平成28年5月号）

春の雨

降るとも見えじ／春の雨
水に輪をかく波なくば／けぶるとばかり思わせて
降るとも見えじ／春の雨

これは1914（大正3）年に発表された文部省唱歌『四季の雨』（作詞作曲者不詳・尋常小学校六年生用）の1番の歌詞である。私がこの歌を知ったのはいつごろかはっきりしないが、そう古くはないような気がする。春の雨は、水に輪を描く波がなければ、煙るようで降っているかどうかわからない。歌詞を平易な文章にすると、こうなるのだろう。「春雨は降るとも見えず」という表現は古くからいろんな歌に詠み込まれてきた。公認解説書に、『……細雨溟濛（さいう・めいもう）の状を歌へるものなきにあらざれども、雨脚池上に印して細やかに波紋幾條を描くの光景に至つては、前人多く云はざる処なり』と、特に水に輪を描くという表現を評価している。

俄（にわか）に過ぐる／夏の雨
物干し竿に白露を／名残りとしばし走らせて
俄かに過ぐる／夏の雨

2番は夏の雨、夕立を詠っている。3番が秋の野山にときおり降る雨を、4番で笹に注ぐ冬の雨を詠う。
高温多湿な日本では、「雨」は年中通してみられる日常ごくありふれた気象現象である。だが、実に多彩な雨を表す言葉が歴史の中で形成されてきた。雨に関連した俳句の季語は、霧雨、小糠雨、五月雨、慈雨など50以上もある。日本人の感性の豊かさをそこにみる。

過日（4月23日）、岩手では初めてとなるフォレスタ・コンサートに行ってきた。フォレスタは音大の卒業生で構成されたコーラスグループで、毎週テレビ（BS放送）で放映されているから、知っている人も多かろう。このコンサートでも、女性メンバーがおのおのソプラノで独唱した。もう100年以上も前の歌だが、どこかゆったりとして懐かしさを覚える曲だ。

コンサートの後、いつもなら気にもとめない雨を、気をつけて見てきた。雨脚の強い日が1日か2日あったが、すぐ止んだ。あとの雨の日は、降ったり止んだりで地面を濡らす程度で、降り始めなのか止んだばかりか分からないような雨である。春の雨は、やはり歌詞の通りであった。

舞子の雛菊が、「月さま。雨が……」と差し出す傘に、「春雨じゃ。濡れて行こう」と、月形半平太が応える。ずいぶん恰好つけた台詞（せりふ）だと思っていたが、このような雨ではごく自然にでる台詞なのかもしれない。

「そんな台詞は知らない」と言われそうだが、古い人なら知っている有名な台詞だ。

（機関紙「春の風」平成28年6月号）

名調子

浪曲を耳にしなくなったのはいつごろからだろうか。

はっきりしないが、私が高校生のころまでは間借りの部屋で聞いていたような気がする。そのころだとすれば、庶民の娯楽番組だったのは昭和35年ごろまでで、昭和30年代以降に生まれた人にはなじみのない演芸であろう。

父がラジオの浪曲をよく聞いていたから、浪曲師の唸りと台詞、曲師の三味の音は幼いころから耳になじんでいた。一度だけ春日井梅鶯の口演を聞きに行ったことがある。たぶん父に連れられて行ったのだと思うが、いつごろどこで聞いたのかまったく思い出せない。記憶があいまいなのは、だいぶ子どもの時だったからだろう。調子のよい梅鶯節が好きになり、浪曲を聴くようになったのはこのときからである。今でも、東家浦太郎、相模太郎、玉川勝太郎、広沢虎造、三門博らの名は覚えている。

浪曲は「浪花節」と言った。義理と人情の世界を語ることが多く、「浪花節」はその代名詞になった。蔑称に使われることを嫌って「浪曲」と変えたのだ。

一つの物語を七五調の節（ふし）と切れの良い啖呵（たんか）で演じる。演題には人情物、任侠物、股旅物、赤穂義士伝、滑稽物など、「涙」あり「笑い」ありである。誰かが、浪曲は「ひとりミュージカル」と言っていたのを思い出す。

有名な出だしをいくつか書きだしてみた。古い人なら諳んじていて、思わず唸りたくなるはずである。

旅ゆけば、駿河の国に茶の香り、名題なるかな東海道、名所古蹟の多いとこ。なかに知られる羽衣の、松とならんでその名を残す、街道一の親分は清水港の次郎長……。

清水次郎長伝（口演・広沢虎造）

利根の川風、袂に入れて、月に棹さす高瀬舟。人目関の戸たたくは川の、水にせかれる水鶏鳥（くいなどり）、恋の八月大利根月夜。佐原囃子の音も冴え渡り、葭（よし）の葉末に露おく頃は、飛ぶや螢のそこかしこ。

天保水滸伝（口演・玉川勝太郎）

佐渡へ佐渡へと草木もなびく、佐渡はいよいか住みよいか。歌で知られた佐渡が島。寄せては返す波の音、立つやかもめの群れ千鳥。浜の小岩にたたずむは、若き男女の語り合い……。

佐渡情話（口演・寿々木米若）

妻は夫をいたわりつ、夫は妻を慕いつつ。頃は六月なかのころ、夏とはいえど片田舎、木立の森のいと涼し。小田の早苗も青々と、蛙（かわず）の鳴く声ここかしこ。

壷坂霊験記（口演・浪花亭綾太郎）

いったん聴いてみれば、こんな面白い演芸はない。歌あり、台詞あり、語りあり。語りにリズムがあって唸る響きに節がつく。ぐっと盛り上がったところで決める台詞がこれだ。

「ちょうど時間となりました。ちょっと一息願います。またのご縁とお預かり……」

（松園新聞『1000字の散歩26』平成28年9月号）

上弦の月

9月1日ごろは新月で月は見えない。この文章が読まれるころは、西の空に三日月が見えているはずである。このころの三日月は、夜の8時過ぎには沈むから、鋭い円弧の月は沈みかけているだろう。

そして、9月15日が中秋の名月。この日、晴れていれば夕方の6時半過ぎ、東の空にぬっと出てくるほぼ真円の名月を見ることができる。ほぼというのは、真円の満月は2日後の17日だからである。

新月から満月の間を上弦の月と呼ぶ。月は弓の弦を下にして昇ってくるが、真南を過ぎると徐々に上になり、西の空に沈んでいく。下弦の月は、満月から新月の間を呼び、弦を下にして沈むが、だいたいは夜遅くに昇って昼には沈むからあまり見ることがない。日没後に見かける月の大方は上弦の月である。

吉田拓郎が歌った「旅の宿」（作詞・岡本おさみ）の詩に「上弦の月だったけ」のフレーズがでてくる。フォーク全盛が終わりかけたころの１９７２（昭和47）年に流行った歌で、今60歳台のフォーク世代には懐かしい曲であろう。

♪浴衣の君は ススキのかんざし／熱燗徳利の首つまんで／
もういっぱいいいかがなんて／…………
♪部屋の灯りを すっかり消して／風呂上がりの髪 いい香り／
上弦の月だったけ／久しぶりだね 月見るなんて…♪

色っぽい歌である。１９６９（昭和44）年の秋、27歳だった作詞家の岡本おさみが列車で青森を訪れ、十和田湖に近い蔦温泉の旅館に泊まった。新婚の夫婦は、10畳一間の和室で、火鉢の鉄鍋に徳利を入れ、熱燗をつけて飲む。ほろ酔いになった妻が、道で採ってきたススキをかんざしのように髪に挿してくすりと笑う。
窓から半分欠けた月が見える。
「あの月なんて言うんだっけ？」

聞くと、妻が教えてくれる。

「上弦の月よ」

食事を終え、妻は風呂に立つ。

部屋の灯りを消して月を眺めていた夫に、風呂上りの妻がそっと寄り添ってきた。洗い髪が匂う。ふたりは西の空に傾く上弦の月を眺める。

ススキが出ていて熱燗をつけるころだから、月は10月だろうか。

見えた月が半月だとすれば、昼に昇った月は飲み始めた午後6時ごろには南の夜空にある。それから、しだいに西の空に落ちて11時には沈む。二人が寝てしまったころは月は落ち、温泉宿に月影はない。

部屋を暗くして月を眺めることなど、今はない。昔は、縁側に出てしばらく月を眺めていたものである。何を思い、何を考えたかは覚えていない。たまに、その縁側にススキを生けられ、膳には団子やゆで栗が乗った。

日本人にとって、月はとても身近なものである。歌謡以外にも、月を詠った詩歌は無数である。そのいくつかを拾ってみた。

東の野に　かぎろひの立つ見えて　かへり見すれば　月かたぶきぬ（柿本人麻呂）
月見れば　ちぢにものこそ悲しけれ　わが身ひとつの　秋にはあらねど（大江千里）
名月を　取ってくれろと　泣く子かな（一茶）
名月や　池をめぐりて　夜もすがら（桃青《芭蕉の前の俳号》）
菜の花や　月は東に　日は西に（蕪村）
なにとなく　君に待たるる　ここちして　出でし花野の　夕月夜かな（与謝野晶子）

（機関紙「春の風」平成28年9月号）

V　残るはひとつ

旧暦の年賀状

今年も年賀状を書く季節になった。私の年賀状は、旧暦の元旦に合わせて出しているから、準備はまだだ。

年賀状を旧暦で出すようになったきっかけは、ラジオ番組で聞いた話からだった。人口の何十倍ものハガキを家庭に届けるのは大変なことだ。新暦と旧暦の元旦に届くようになれば、分散されて効率的だし、「迎春」や「賀春」を使うなら、旧暦の方が合っている。永六輔がそんな話をしていた。その話を聞いた時、なるほど、それも良いなと思った。

6年前の年末だった。まだ年賀状の用意ができていなくて諦めかけていたときにこの話を思い出し、旧暦の正月に出そうと決めた。以来、旧正月に出すようになっている。

年賀状に「賀春」とか「新春」のことばを使うのは、旧暦のなごりだ。今度の旧暦元旦は新暦の2月10日で、この日から春が始まる。まだ寒いが風や陽射しなどの自然の息吹に春の兆しを感じ始めるころで、賀春や新春がぴったりである。

明治5年まで、日本の歴史上の日付は旧暦で記録されていた。和歌や俳句の季語や年中行事などは、旧暦の時代のものだが、今でもその日を新暦に読み替えて使われている。そのため季節に合わないものがたくさんある。

3月3日は桃の節句だが、この日はまだ寒くて桃の花は開花していない。旧暦だと4月12日になり、ぴたりと合う。

7月7日は七夕祭りだ。たいてい梅雨空で星を見ることができないが、旧暦だと8月13日になる。月は半月だが夜の10時ごろには見えなくなる。月の明りにじゃまされず満点の星空に天の川をはさんで、牽牛星と織女星が見えるはずである。

9月9日の菊の節句(重陽節)もそうだ。旧暦では10月13日になる。そのころであれば菊も咲いていよう。

旧暦の年賀状は、送られてきた賀状に返事のように出せる利点があり、礼は失しない。

だが、年賀状を旧暦にした翌年は、届く年賀状がいくらか減った。たぶん、相手は昨年届いたものを手元に置いて宛名を書いているからだろう。一か月も遅れて届く私の年賀状は、その中に入っていないのだ。歳を重ねてそれも認知され元に戻った。「旧暦の年賀状を楽しみにしています」と添え書きされた賀状も届く。

届く年賀状のほとんどは、「お年玉」付の年賀ハガキだ。私のものにはそれがないから、相手はその楽しみはなくなる。抽選日が旧暦の正月以降であれば、「お年玉」付のハガキでも出せるのだが。

抽選日を半月ばかり遅らせるだけなのに、どうしてそうできないのだろう。

（盛岡タイムス「杜陵随想」平成24年12月）

永　六輔（えい　ろくすけ）
《1933（昭和8）・4・10〜2016（平成28）・7・7》
パーソナリティ、タレント、随筆家、元放送作家、作詞家

日記

日本人は日記好きだ。

日記専門の出版社があり、年末から年度末にかけて多種多様の日記が書店や文具店に並ぶ。これは日本だけである。日本人の日記好きの理由に日本人は欧米諸国のように夜寝る前の神に対するお祈りがないことや、会話下手なことが挙げられている。

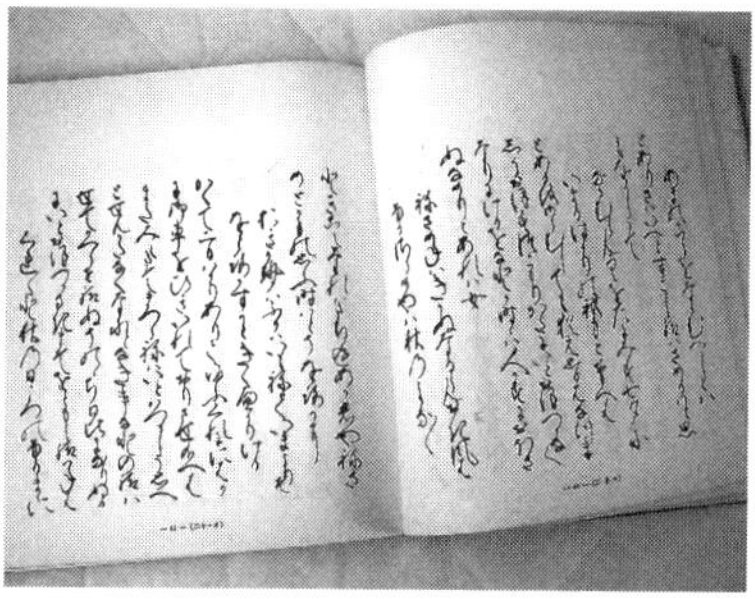

【更級日記】

平安時代、王朝貴族たちが私的な日記をつけはじめ、その流行がもとになって女性たちの日記文学が生まれた。『蜻蛉日記』（藤原道綱母）、『紫式部日記』、『和泉式部日記』、『更級日記』（菅原孝標女）などの女流日記がその代表例である。その背景には、仮名文学の成熟や宗教からくる思考の多様と深化などがあるようだ。

近代に入ると、西洋の個人主義などの影響を受けて、個人の秘密を吐露するために書かれるようになった。私小説、フィクションであっても表現手段を日記の形式にするものも出てきた。石川啄木の『ローマ字日記』などである。

ドナルド・キーンが、『百代の過客―日記にみる日本人―』の序の中で、「日記を付けるという行為が、日本の伝統の中に確固たる地位を占めている」と言っているように、日記好きは日本人の伝統文化のようである。


交換日記や学級日誌などは、手紙の世界と重なるが、今は、日記をブログ（Weblog）で書いて公表している。自分の考えや感じたことを書いているブログもあるし、その人の私生活を覗き見るような楽しいブログもあることはある。

河盛好蔵は、『日記をつけておいてよかったと思うのは、自分の古い日記を読むとき』であり、そのことによって、『自分の人生について、多くのことを反省させられる』と述べている。氏が言うように、日々の出来ごとや考えごとを記し、後で読んでなつかしみ、反省する。日記とは本来そういう私的なものではないだろうか。

日記をブログで公表するには、自分で内容に制限を加えることになるだろうし、嘘を書いてしまうことだってあるだろう。結局、たわいのないつまらない内容になってしまうのではないだろうか。私に日記をつける習慣はなく、ブログもやっていないからあまりあれこれ言えないのだが、そんな気がする。

なんども試みたが、いつも「三日坊主」で終わっている。だからだろう、日記をつけている人に意志の強さと知的なものを感じてあこがれる。日記をつけながら日々を反省し、明日を有意義に過ごそうと何十年も続けている人を、私は尊敬する。

（機関紙「春の風」平成25年1月号）

春を待つ

私は、年賀状を旧暦で出している。今年の旧暦正月は二月十日で、今年もそうした。去年の賀状には「春よ、来い。早く来い」と書いた。だが、今年はそういう気分になれなかった。自分の齢を意識してしまったからである。

旧暦元旦の四日前に、私は七十歳になった。七十歳を「古稀」という。杜甫の詩、「曲江」の「人生七十古来稀」に由来するが、昔人はここまで生きることは稀だったのだ。そんなことはなにも考えずに、自分の将来はまだまだ広いものだと錯覚し、それを手繰り寄せようとする気負いが、「春よ、来い」などと書かせたような気がしている。そんなに春を待ちこがれているのか、と自問もした。

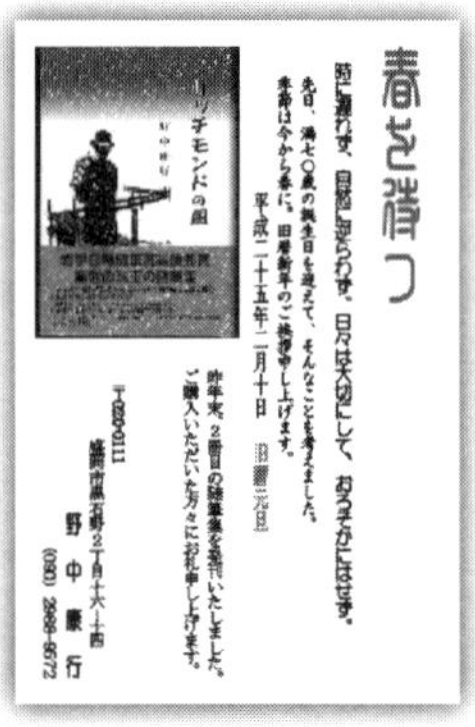

進む自分の舟の後ろには軌跡が無限に広がっている。だが、前に進む余地はあまりない。終着の港もそう遠くはないはずだ。論語に、「七十にして心の欲するところに従って矩をこえず」とある。七十歳になって、自制しなくてもそれほど行き過ぎた言動はしなくなるものだと孔子は言うが、思いのままにふるまって身の丈をこえてはならないとも諭している。老いるということは自然に近づくということだから、その法則に従いなさいと言うことなのだろう。深酒と寝不足がこたえ、根気も続かなくなった。認めたくはないが、それが年相応なことで、自然の法則なのだ。

さて、今年はなんと書こうか。なんの変哲もないが、「春を待つ」と書くことにした。あせらずのんびりと待つのもいいと思ったからだ。ただ時勢に遅れても、日々をおろそかにしても悔いを残しそうだ。そこで、「時に遅れず、自然に逆らわず。日々は大切にして、おろそかにはせず」と添え書きをした。どこか肩の力も抜けて、今の自分に合っている気がする。

(機関紙「春の風」平成25年3月号)

過ぎたるは

小学校から中学にかけて読んだ本は、「塚原卜伝」「岩見重太郎」「雷電為衛門」「荒木又衛門」「幡随院長兵衛」などの講談本だった。それらの本が好きだったわけではない。それしか家にはなかったからである。

毎月購読していたのは、漫画雑誌『少年画報』だった。「赤胴鈴之助」（原作・武内つなよし）の連載が始まったばかりで、夢中で読んだものだ。

北辰一刀流千葉周作道場に通う金野鈴之助は、父の形見である赤い防具の胴を着けていることから、「赤胴鈴之助」と呼ばれた。その少年剣士の活躍を描いたマンガである。のちにラジオドラマにもアニメにもなった。

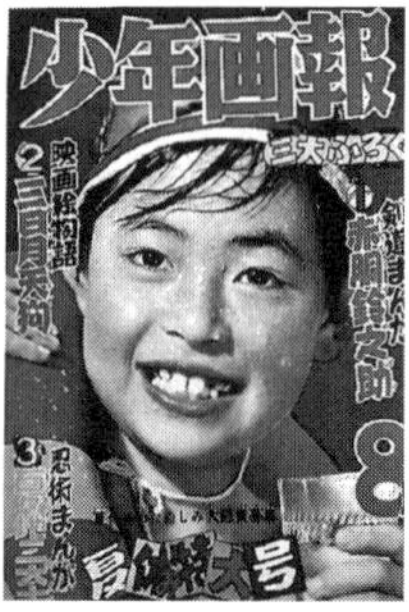

「ちょこざいな小僧め。名を、名を名乗れ」
「赤胴鈴之助だ！」
というセリフに続く、「剣をとっては日本一に夢は大きな……」の主題歌を知っている人は多いだろう。

家は農家で、近くに本屋さんがなかった。両親が注文し郵送してもらっていたそれは、いつも発売日の翌日、午後の決まったころに届いた。その日は、家にいるようにして郵便屋さんを待ったものである。

昼前から降り出した雪が、午後には大降りになり、何もかもが雪に埋もれてしまった。雪かきをしながら郵便屋さんを待つが、来ない。母は、「この雪だから、きょうは来ないよ」と言うが、2月号が届くのはきょうの日なのだ。

うす闇が迫って、あきらめかけたころに、雪の向こうに人影が見えた。近所の人だろうか。目を凝らすが分からない。こっちに曲がった。腰のあたりがふくらんでいる。肩から下げた大きなカバンだ。

雪の降りしきる夕暮どきの光景と、渡された紙ひもで十文字に結ばれた小包が、今でも見える。

今、漫画雑誌はコンビニで手に入るし、インターネットで注文した本は、すぐに宅配してくれる。書店には、山ほどの本が並ぶ。どんな本でも、すぐに手に入る時代になった。ただ、あの膨大な量の中から自分の読みたいものを探し出すのは容易でない。60年ほど前の自分には、家にある講談本しか読めなかったが、それが今だったら読んでいるだろうか。たぶん、もっと面白い本があると思って読まないだろう。1日で読み終えるような漫画雑誌を、毎月、あれほど心をときめかして待つだろうか。それもまずない。

あふれる活字や映像を見ているだけで満腹となり、かつてのように本を読む飢餓感のようなものがなくなってしまったのかもしれない。それとも、たまたま、そんな本が見つからないだけだろうか。

（岩手県文化振興事業団機関紙　平成25年7月）

保険コラムかエッセーか

この欄（保険コラム）に書き続けて4年半がたちました。この紙面で新年のあいさつを4回したことになります。今号も、新年のごあいさつをひとこと。

私はこの欄のコラムともう1編の連載エッセーを毎月書き、たまに依頼されたものを書いてきました。毎月の原稿締め切りはだいたい月末です。なんとか締め切りに間に合わせ、ほっとしているとすぐに次の締め切りが迫ってきます。1か月は短いものだとつくづく思いながら、また新年を迎えました。

毎回、何を書こうかと考えます。テーマの決まっている「保険コラム」は、初めのうちは比較的楽に続けられました。過去の経験から、いわゆる「ネタ」があったからです。それが4年以上もたった最近では苦しくなってきました。保険に関する材料が品薄になってきたからです。私自身、中身の薄い文章だと思う号がいくつもあり、恥ずかしい思いをしてきました。でも、活字になったらもう言い訳ができません。次にもう少しましなものを書くしかないのですが、そろそろ限界にきていると感じています。

そろそろ「保険コラム」を「松園随想」とかに変え、書く内容は制約のないエッセーにしてくれるとありがたいのですが、編集者はなんと応えるでしょうか。

テーマに縛りがないエッセーは何を書いてもよいわけですが、書き始める前にテーマと題材を探し出さなければなりません。それが難しいのです。

締切り間際になっても何も浮かばないことがあり、四苦八苦して考えます。作家がそれで命を削るといいますが、分かる気がします。ですが、日々の事象に気をつけていれば何かが感性に触れます。それが題材となり、それを見つめていると頭の奥底にある何かを引っ張り出せるもののようです。それがテーマになることが多いものです。今までも多くをそうして間に合わせてきました。

題材とテーマが見つかれば、それをどう書くかです。ここまでくると、作品の出来、不出来は別として、ほぼ出来上がったと同じなのです。

「コラム」にしろ「エッセー」にしろ、苦労する作業には変わりませんが、エッセーの方が題材の幅が広く、長続きするような気がします。また、自分の感覚や思いが記録され、その時の出来事が活字として残ります。それが自分の生きた証となるのもうれしいものです。どちらにしろ、毎号つまらないと怒られないようなものを書く努力はしていくつもりですが、載った文章がつまらないものでしたら「締め切り間際に、一夜漬けで書いたものです」と今から言い訳しておきます。でも、たぶんそれは許してもらえないでしょう。

新年早々、言い訳がましく、読者のみなさんに甘えるあいさつとなってしまいましたが、今年もおつきあいのほどお願い申し上げます。

（松園新聞「保険コラム」平成26年1月号）

選者冥利

過日、ある作文コンクールの審査に携わった。

小学校生を対象にした学校給食に関する全国コンクールで、北海道と東北6県から集まった作品の第1次審査であった。

選者5人は、子どもたちの豊かな発想に驚き、しっかりした文章に感心しながら読み合った。その指導にあたった先生が素晴らしいとの感想も出た。このブロックから集まった作品は100編ちょっと。その中から6編を選んで、東京での最終選考に回した。

全国からの2000編ほどの応募があったようである。全国の各ブロックでの1次審査を経た作品の中から9作品が入賞と決まった。文部科学大臣賞と農林水産大臣賞は逃したが、入賞作品の中に、私たちが選んだ3作品が主催者の協会賞に入賞していた。

しっかりした文字で書かれた原稿用紙の中から、素直な感情がよく伝わってくる。

「やった。今日も手紙が届いた」

毎日の給食で、わたしは、ある人からの手紙が届きます。差出人はおじいちゃんとおばあちゃんです。と始まる「極上野菜の贈りもの」と題するTちゃん（小学4年）の作文は、食材となる野菜を作っている祖父母に対する気持ちを綴った作品だ。

こだわりをもち、苦労して野菜を作っている祖父母を見ている彼女は、給食の野菜を見ると、「ぜんぶ食べてください。これからも極上の野菜を育てていくから」、と言うおじいちゃんとおばあちゃんの声が聞こえてくると言う。その給食を感謝しながら残さず食べるという返事を、祖父母に送り続けたい、と結んでいる。

Mちゃん（小学4年）の「給食の調理員さん」という作品は、調理員になったばかりのお母さんを描いた作品である。母は、何百個もある食缶の中に残された給食を捨て、それを洗う作業で疲れ切って帰って来る。食器を洗い続けたその手が、真赤になっている。そんなお母さんを見てMちゃんは、「おいしくない」とか、「これきらい」と言って、いつも好きな物だけを食べ、嫌いなものは残していた自分を反省する。

Nちゃん（小学4年）は、あたりまえだと思っていた給食が、東日本大震災で途絶えて給食のありがたさを知る。その後、お母さんの手伝いをするようになったと言う。

「……私の家は3人家族です。お母さんは毎日のメニューを考えるのにネタがつきたと困っています。テレビの料理番組や雑誌から情報を仕入れていますが、給食のメニューも参考にしています」

3人家族でも大変なのに、毎日何百人の給食をつくる人たちを「すごい人たち」と驚く。

選んだ他の3編にも、自分の思いが率直に綴られていた。たった原稿用紙3枚の作文だが、その素直な感性にすがすがしさを覚えたのは私ばかりではないだろう。

どんな子どもたちだろう。利発な目をした笑顔のかわいい女の子だろうか。いや、もっと活発でみんなの人気者かもしれない。案外、目立たない、しっかり者の子だったりして。泣いたり笑ったり、たまには怒ったりもする感情豊かな子どもたちには違いないが、他人を思いやる心がいじらしい。一度会ってみたい気がする。


（文芸誌「天気図」第12号　平成26年2月）

成り行きの果て

私は、生家の家業だった農業を捨てた人間である。

1男4女の兄妹で男一人であったから、私が家を継ぐものと家族は思っていたのかもしれない。かもしれないと言うのは、それをはっきり言われたことがなかったからだ。

1町歩（約1ヘクタール）の田んぼと少しの畑ではやっていけないと分かっていたから、両親は私の判断にまかせていたのだろう。だが、兼業でも農家を継ぐものと考えていた節がある。

「田や畑のことを、少しは覚えておかなくてはな……」

と社会人になって間もなく、父母から何度か言われた。遠慮がちの、つぶやきにも似た話し方だった。だが、転勤先から帰省すると隣近所の人からは、はっきり言われたものだ。

「そろそろ帰って来たら」

私が高校に入学した1958（昭和33）年、そのころ耕地整理が始まっていた。まっすぐな農道が造られ、縦横に水路が走る。まわりの風景が毎年のように変わっていった。田んぼ1枚が、3反歩（30アール）にもなり、30m×100m四方の広さでは、機械作業でなければもうコメは作れない。わが家は3枚と小さい1枚になったが、父は耕運機を操りコメ作りを続けた。

父から「農業をやめる」と言ってきたのは、平成元年の春、私が広島県の福山にいたときである。そのとき父は75歳になっていた。田んぼは一切を親戚に頼み、自分でやるのは家の周りの畑だけにすると言う。耕運機に振り回されるとか、肥料の袋が重くなったと言い始めて数年たっていた。「田んぼはどうする?」と問われていたが、そのたびにあいまいにしてきていた。

「それが、いいだろうね」

そう言うしかなかったが、それを聞いて少し気が軽くなった。

いつかは自分が決めなければならないことだと、いつも胸のどこかにあって、それが負担に感じることがあったからだ。

　そう広くない畑を二人でのんびりやっていくのも良いだろう。そうも思ったが、自分のあいまいさに業を煮やして決断した父に対して申し訳ない思いが強かった。


　母が亡くなったとき、父は90歳になっていた。その後の数年は、自分ひとりで畑仕事をしていた。ほとんどは、子どもたちにくれてやる野菜である。5年前、父が96歳のとき心筋梗塞で倒れ、それからは畑仕事で無理ができなくなった。畑は、兄妹で入れ替わり立ち代わり出向いて何とかやっている。

「畑、これからどうする？　とっても無理だよね」

　最近、顔を合わせるたびに、そんな話になる。田んぼは親戚ができるまでやってくれると言ってくれているからしばらくはよいとして、畑が問題だ。狭いといっても4、500坪はある。

「売るとしても、買い手があるだろうか？」

「親父が生きているのに、売る話もできないし……」

「何も作らないとしても、草取りはしなければならないし、困ったね」

堂々巡りが続く。

農家の長男として、50年以上も気にはしながら、少しは悩んできた。でも、こうなるしかなかったとの思いが今もある。

自分は農業を捨てたが、捨てたのは農業という職業だけだった。田んぼと畑、それに生家までも無にするのは、両親の形跡を消してしまうことにもなるし、私たちが集まる場所も失うことになる。それも寂しいことだ。

生まれ育った所を捨ててしまうのかどうか。成り行きのまま、そんなところまできてしまった。

もう、成り行きにまかせるというわけにはいかない。


（文芸誌『『天気図』第13号　平成27年2月）

4度見のサクラ

盛岡のサクラ開花予想は、今月の12日ごろで、満開は20日前後のようである。

3月20日ごろ、鹿児島からスタートしたサクラ前線は東京を過ぎ、今（3月29日現在）は栃木県あたりにある。4月上旬に宮城県に着き、ほどなく県内入りをする。いつものことだが、サクラが咲くと名所にサクラを愛でに人は出かける。花の下で酒盛りをし、飲む言い訳に「花見」と称して居酒屋に通う。

かつて花見を4度したことがある。ひとシーズンに、3回、4回の花見はめずらしくないと言われそうだが、少々事情が違う。

それは1992（平成4）年のことである。当時、私は広島県の福山市に勤務していた。栃木県への転勤辞令が出て、3月下旬にお花見を兼ねて送別会を開いてくれた。福山城公園であった。4月1日に栃木県小山市に赴任、そこでの歓迎会も城山公園（小山市）で、お花見を兼ねたものだった。

4月下旬に生家（紫波町）に帰省して、家族で満開の城山公園（紫波町日詰）に出かけた。その翌日、家内の生家（弘前市）に行き、弘前公園でお花見をした。5月のゴールデンウイークに入ったばかりで、公園は観光客でごったがえしていた。

ひとシーズンに、広島、栃木、岩手、青森と、サクラ前線を追いかけてお花見をしたのである。

広島でのお花見は日中だったが、風が強くて寒く震えながらのお花見だった。好きな日本酒を、飲んでも飲んでも酔わなかった。

栃木でのお花見は夜であった。明りの届かない場所だったので、集まってくれた人の顔が良く分からなかったことだけを覚えている。

生家でのお花見は花曇りの日で風はなかったが、時折まとまった花びらが散り落ちていた。舞台ではのど自慢をやっていた。

弘前のお花見も夜で、風があって寒かった。遠くの舞台から好きな津軽三味線の音が聞こえていたが、すぐそばを観光客が切れ目なく通る。まったく落ち着かないお花見だった。

サクラは、もともとあまり好きな花ではない。ソメイヨシノに限ってだが、葉が出ないうちに花だけが咲いて、枯れ木に花がついたような病的な花に見えてしまう。ライトアップされて圧倒するように咲くさまは、不気味でさえある。美しいとは思うのだが、私には寂しすぎるのだ。

たぶん、この年からだ。名所をそぞろ歩いて花を愛でることはあっても、サクラの木の下で酒を飲むことがなくなったのは。


（松園新聞『1000字の散歩9』平成27年4月号）

新高校生

真新しい制服の男子生徒が自転車で通る。体もそう大きくなく、顔にはまだ幼さを残しているから、高校に入ったばかりの新入生であろう。

高校生活で、大きな比重を占めるのが部活動だ。私の入学は昭和33年だが、当時の部員募集は、応援歌練習の前に各部の部長が部のアピールをして勧誘をした。なかには、ちょっとしたパホーマンスをする部もあった。演劇部は、ながながとシェークスピアの劇中セリフを話し、体操部は助走からバック転、そして後方宙返りをした。

中学校で少し床運動のようなものをしていたので興味がわいた。後日、体育館の吊り輪にぶら下がって遊んでいたらつかまった。

「なに部に入った?」

「いや、まだ……」

教室では、そんな会話がかわされていた。

「ルンペン狩りに遭うぞ」

下校時の校門前で各部の部員が、「どこの部に入った」「入部決めたか」と帰る生徒に声をかける。声をかけるのは運動部員が多かった。まだ入部を決めていない生徒をつかまえて、なかば強引に勧誘するのだ。それを「ルンペン狩り」と呼んでいた。

「演劇部に入りました」

と、ウソをついてその場をごまかしたが、次の日、演劇部の部室に呼ばれて入部させられたやつもいた。

ほとんどの生徒はどこかの部に所属する。そういう校風であった。ごく少数だが、どの部にも所属しない者もいて、それを、「あいつはルンペンだ」と呼んだ。

部活動の思い出は多い。鉄棒練習で、車輪ができない。みんなが弾みをつけて体を押してくれた。初めて回って喜んだが、下り方が分からない。変なところで手を離して飛んだが、みんな下でつかまえてくれた。床に敷いてあるマットは、センベイ布団のような時代だった。平行棒の規定演技で、どうしてもできない技があった。「棒下蹴上がり支持」だったと思うが、ごまかすしかないと試合に臨んだ。が、試合ではできてしまった。みんなが肩をたたいて喜んでくれた。

夏の合宿練習では、夜の墓地で試胆会（肝試し）をやり、キャンプもした。みんなで食った練習帰りの中華そばもうまかった。あれが、自分の青春だったと今つくづく思う。高校生活は、その後の人生に大きな影響を与えていると思うが、特に部活動で培われたものが大きい。何かをみんなで一所懸命やったという自負が、自信としても残るからだろう。

また数台の自転車がそばを抜き去った。彼らも、1年もすると立派な大人の顔になるはずだ。その背に、悔いのない高校生活を送って欲しいと、エールを送った。

（機関紙「春の風」平成27年5月号）

「ルンペン」とは、「ぼろきれ・ぞうきん」という意味で、日本では浮浪者のことを指した。現在は放送禁止用語である。

栞（しおり）

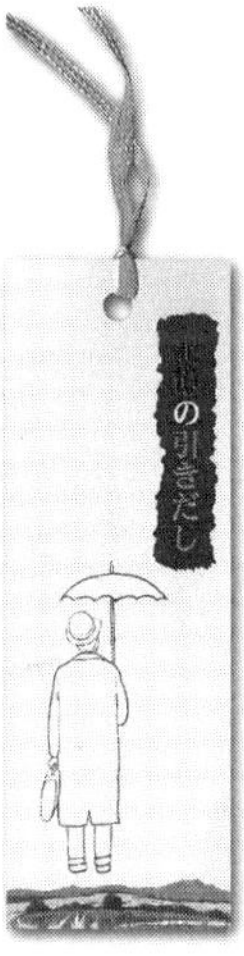

「しおり」は、読んでいる本のページに挿んで、どこまで読んだかの目印にするものである。長方形の紙片の上部に穴が開けられ、そこに紐が通してあるタイプが一般的であるが、背の上部に紐を付けて製本した本もある。これを「栞紐（しおりひも）」とか「スピン」と呼ぶ。今はほとんどがこれで、ついているのはハードカバーの本だけである。

昔の文庫本にもあったが、今のものにはほとんどついていない。ソフトカバーにもない。だから、代わりについてきた帯や出版案内を使ったり、書店からのレシートを挿んだりするのだが、すぐ見えなくなる。さて、どこまで読んだのかと当たりをつけて探す。少し読んで気がつき、その先を探したり、どうも話が続かないと戻ったりする。ページを折り込む人もいるが、折り目がつくから私はしない。

私には、重宝している自分のしおりがある。だいぶ少なくなったが、まだ70枚ぐらいはあるだろうか。これを作ったいきさつはこうだ。

2006(平成18)年1月に1冊目の本を出した。随筆集「記憶の引きだし」というハードカバーの本だが、仕上がって手元に届いたときに、しおり紐がついていないのに気がついた。私は当然ついてくるだろうと思っていたし、出版社もそう思っていたようだ。出版社が、紐の色を私に聞くのを忘れたらしいが、製本会社への指示も忘れたと言う。

「しおり、つくりましょう」

出版社の担当者が言った。しおり紐をつけるより、手作りの本らしくてよいかもしれない。表に本の題名と表紙のイラストを、裏面に本のキャッチコピーを印刷。遊び心に、「野中書店」の文字を入れた。こうして、私のしおりができたのである。

「これが、そちらで使う分です」

300枚ぐらいわたされた。1000枚ほど作ったはずだが、すでに書店に発送されていたものには間に合わず、残ってしまったものだった。

昔は、本を買うと書店が本に挿んでくれた。今は、高級文具店で売っているらしいが、たまに観光地のみやげ屋で目にするぐらいで、紐つきのしおりは珍しい。専門の収集家もいると聞く。

「しおり」の語源は、山道などを歩く際に迷わないように木の枝を折って「道しるべ」としたことから「枝折」と書き、本をどこまで読んだかという目印にするものを指す。初心者のための手引書なども、そう呼ぶ。

注文があって手元の本に挿んで送り、それだけを友人にあげたりして、だいぶ少なくなってきた。残りが少なくなると、貴重なものに思えて、惜しくもなってくる。

読みかけの何冊かに挿んであるそれは、ただの「しおり」なのだが、手元の袋に入っているそれを見ると、私の歩んできた過去の小道にある「道しるべ」のようでもあり、初めて出した本の小さな記念碑のようにも思えてくる。

（盛岡タイムス「杜陵随想」平成27年5月）

散りぎわの花

5月の連休に弘前公園（弘前市）に出かけた。ソメイヨシノは終わっていたが、ところどころの八重桜が満開で、枝垂れ桜が散り残りの花をつけていた。それでも花の下では花見客が集い、その脇を観光客が行き交っていた。散り残ったその花を見て、小沢昭一（1929～2012俳優・タレント）のエッセイ集「散りぎわの花」（2002年刊）を思い出していた。

彼は「散る」ということばを題材に2編書いている。1編は「散る」だ。『このことば、太平洋戦争で散った兵士の辞世の句、軍歌、軍国歌謡にやたらに出てくる。自分も国のために散るのは当たり前として育った。「散れ、散れ」と言われたが、スレスレのところで散らずに敗戦になった。散り残ったその命を大切にしたい。生きていればこそ、と肝に銘じて生きてきた』
2編目は本の題名となった「散りぎわの花」である。
散る桜／残る桜も／散る桜
『「残る桜」の自分も、そろそろ「散る桜」だ。戦（いくさ）に散った兵士は、「散って甲斐ある命」と勝つために死んだ。散らせた連中への憎しみは消えないが、散った花にはひたすら頭を垂れる。彼らに比べ、だいぶ生かしてもらったから贅沢は言えないが、まだやりたいことがある。それを精一杯やることにしよう。できれば散る前に無垢だった幼いころに戻りたい』
自分を散りぎわの花にたとえて、戦争で散った花を想う作品である。どちらの作品も、先の戦争で「散った桜」の「死」を想い、「散り残った桜」の「生」を考える作品だ。
この句は、特攻隊員奥山道郎大尉が弟に残した遺書「散る桜　残る桜も　散る桜　兄に後続を望む」に引用されて知られるようになったが、もともと江戸時代の僧侶で歌人であった良寛和尚の辞世の句と言われる。今どんなに美しく咲いている桜でも、いつかは必ず散る。人の人生もしかり。それを心得ておくこと、の意であろう。

人は誰でも「散る桜」なのだが、自分がこの歳になっても「散りぎわの桜」との自覚はない。いつまでも生き続けるような気で日々を過ごしている。それは、氏のように理不尽な死が身近にない時代に生きているからである。それはそれで幸せなことかもしれないが、どんな時代にも悔いないようになすべきことがある、氏はそう言っているのだ。

花見客に強い初夏の日差しが注ぎ、白シャツの背中がまぶしい。獅子頭を脇に置いて酒を酌み交わす円陣の集団がいて、太鼓を叩いて踊る集団もいる。どこからか、太鼓と笛、鐘の音がする。お山参詣のお囃子だろうか。津軽三味線の音も聞こえてくる。

間もなく散る花を惜しみながら、彼らはいずれ散る自分の「今」を謳歌している。そう思えばほほえましくもあり、時おり上がる嬌声も気にならない。

高台まで登ると残雪を乗せた岩木山が花曇りの空に浮かび、そこから涼やかな風が渡ってきた。

（機関紙「春の風」平成27年6月号）

文月

今年（平成27年）の8月20日が陰暦の7月7日で、七夕祭りの日である。短冊に歌や文字を書いて書道の上達を願った七夕祭りにちなんで、この月を「文月」と呼ぶ。

七夕の日に願ったことはないが、字はうまくなりたいとずっと思ってきた。ご祝儀や会葬などで記帳するとき、受付の視線を感じながら書くなどは緊張してますますうまく書けない。手紙も、なんど書き直しをしても気に入らず、あきらめてパソコンで書いてしまったりもする。封筒の宛名書きは住所も氏名も曲がる。おまけに姓と名の文字間隔が違って格好がつかずこれも書き直しする。

中学生のときに、先生から言われた。

【高校の世界史ノート】

「ひとつひとつの字はきちんと書いているが、文字の続きと並びが悪い」

そのころ、どんな字を書いていたのかは忘れてしまった。自分の書いたもので残っている一番古いものは、57年前の高校のときの世界史ノートだ。今と比べると字体がだいぶ違っていると思うが、妹に言わせると似ているという。

筆跡鑑定では、年代がだいぶ違っても同一人物の筆跡かは判別できるそうだ。確かに、丸みある四角い字と文字間隔均一でないところや、ひらがながギクシャクしているのは、中学のとき言われたとおりである。自分ではそのころと変わっていると思っても、他人が見ると分かるもののようだ。中学で言われたことが、今でも直っていないのだ。

なんども自分の書体を直そうとした。

縦長に書いたり扁平に書いてみたり、斜めに書いてみたりもしたがどれも定まらない。気にしないと指先が勝手に動いてすぐに元に戻ってしまう。いっこうに上達していない。かといって、今さらペン習字を習う気もしない。

届く手紙やハガキは、たいていは字がうまい人からである。頻繁に書いているからうまくなったのか、うまいから書くのか。私ももう少し字がうまいと頻繁に書くだろうと思う。

「字がじょうずですね」

と、聞くと、たいていの人は、

「いえいえ。自分の字はあまり好きではないのです」

と答える。謙遜か本心か分からないが、満足している人は少ないような気がする。書いた字は自分と他人では感じ方が違い、本人だけがなかなか満足しないものかもしれない。言い訳になるが今はそう思うようにしている。

著名な作家の自筆原稿を見るたびに、癖はあるが味のある字だと感心する。うまくなくてもいいが、味のある字を書きたいものである。そうは思っても、今からではもう望むべくもない。

（松園新聞「1000字の散歩13」平成27年8月号）

万年筆の日

最近、万年筆を使うようになった。

メモを取るときにとっさに漢字が出てこない。下手な字がますます下手になっていく。ワープロ専用機を買った平成元年ころから、ほとんど手書きをせずにきたからそのせいかもしれない。今は、パソコンのワープロソフトだが、文章を整えるにしてもどこかに送るにしても、ワープロが便利であるからそれをやめるつもりはない。ただ、手紙ぐらいは手書きにしようと思ったのである。

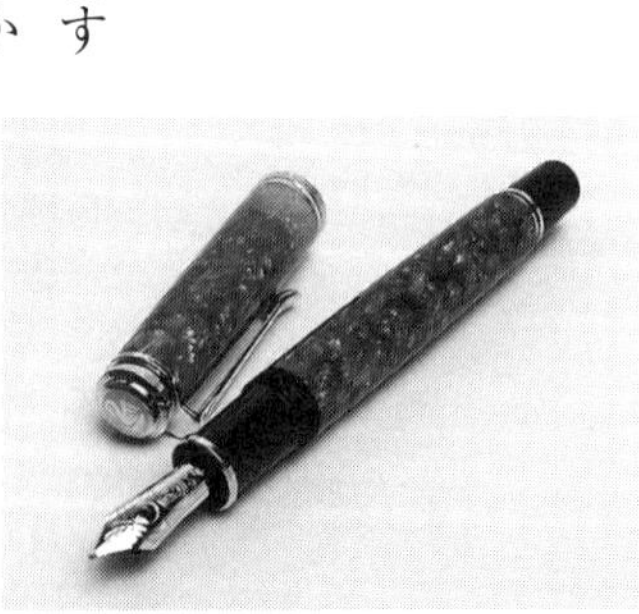

万年筆は高校時代から使っていた。手元に唯一残っている高校1年の世界史のノートは、全ページ万年筆で書いている。高校からそうだとすれば万年筆を使っていたのは、ワープロにするまでの約30年間ということになる。

机の引き出しを探したら、国産のものが5本、モンブランの太い万年筆が3本出てきた。どれもインクが固まって使い物にならない。捨てたものも結構あるはずだから、10本ぐらい、いやそれ以上の本数を使っているだろう。万年筆を使った期間から計算すると、1本の使用期間はたった3年ぐらいかそれ以下である。万年筆を愛用する作家で、修理をしながら1本を一生使う人もいれば、書き味が自分の手になじむ万年筆を探し出すために何十本も買った人もいるようだ。他人（ひと）は1本の万年筆をどのぐらいの期間使っているのか知らないが、どうみても私の場合は短すぎる。

万年筆は、その人の筆圧、速度、ペン先を置く角度、滑り具合など、人によって好みが微妙に違う。だから、自分に合ったものを探し出すのは難しい。私の場合も、ぴったりのものに出会うことはまずなかった。店頭のためし書きで良いと思っても、家で使うと書き味が違ってくる。自分のペンを置く角度が少し斜めなのかもしれないが、だいたいは滑りが悪く書き出しのインクが紙に付かなかったりする。ペン先の硬さも気になってしようがない。硬かったり柔らかすぎたり。そうすると書いた字も気に入らなくなってしまう。

書き続けてペン先を慣らすか、それに慣れるしかないのだが、慣れも慣らしもしないうちにペン先をいじって壊してしまうか、飽きて使わなくなる。ついまた別なものを探すということになる。凝り性なのか飽き性なのか。神経質であるのか。

私は神経質とは思っていないが、凝り性で飽き性ではあるかもしれない。凝り性は、ひとつの事に執着しすぎて周りが見えなくなる傾向があり、飽き性は、長続きしない性分である。その通りで、もうこの歳では直りはしないだろう。

凝り性と飽き性にも良いところはあるはずだ。熱中して満足するまでやり通す性質もやっかいだが、気持ちの切り替えが速いのも、それはそれで良いではないか。


4月に買った万年筆は、完ぺきではないがまずまず気に入っている。友人への手紙も前より増えている。少しは長く使えそうな気がするが、それでもいつまで使い続けるか少々気にはなる。

9月23日は、万年筆が発明された日を記念する「万年筆の日」である。


（松園新聞『1000字の散歩14』平成27年9月号）

残るはひとつ

　昨年（平成27年）、私が仙台勤務だったときの上司が亡くなった。O氏は、昼休みになると近くの書店から4、5冊の文庫本を手にして戻ってくる無二の読書家で、本は歴史ものが多かった。話好きで話題は豊富、話は歴史書からの引用も多くいつも示唆に富むものだった。説法鋭く、ときには辛辣に会社を批判し、堂々と意見も述べていた。そんな豪放さとこまかい気遣いのある上司で、好きな先輩だった。

　酒は強い方ではなかったが、ふたりで何度も飲んだ。休みの日にぶらりと自宅に現れ、世間話をしたあとに、「身を固めるつもりはないか」とよく聞かれた。それはひやかし半分ではなく親身の問いだった。だが、私はいつもあい

まいに答えていた。

昭和60年3月。私が東京へ転勤することになり、赴任の数日前、小料理店の2階で送別会が催された。

福島に転勤した前の上司があいさつに立った。

「たぶん99パーセントの人が一度は結婚をします。私も一度は結婚しました」

「一度はな……」

隣でO氏がちゃちゃを入れる。離婚経験者もその席にいた。O氏のそれを受け流し、

「そのような人もいますが、結婚は誰もがしていることです。誰でもできることが、なぜできないのでしょうか。ただ、ふん切りがつかないだけだろうと私は思うわけです」

と、まじめな顔で続けた。

「早とちりをすることもあるがな……」

また、O氏だ。私を酒の肴にして楽しんでいる。

ろれつがあやしくなったO氏が私に言った。

「あのな。人はな。生まれて、結婚して、子どもを産んで、老いて、死ぬんだ」

親指を折りながら「生まれて」、人差し指を折りながら「結婚して」、中指、薬指と続いて、小指を折って「死ぬんだ」と言う。

そして、再び手のひらを広げて親指を折った。その手を突き出して、

「おまえは、ただ生まれてきただけだ」

と、声を張り上げ、息を吸い込むように笑った。

聞いていたみなも笑った。

ちょうどそのころ結婚を考えていた。

彼女は仙台の国立病院に勤務していた。彼女に転勤のことは伝えていたが、「それで、どうするの」と聞いてくるし、「このままでも、まあいいか」とも言う。東京への転勤を機に、「けじめ」をつけなければと揺れていた。どこかで躊躇していたのだ。

転勤直後に結婚を決め、その年の秋に結婚した。彼女も病院でそれなりの役職に就いていたからすぐには退職できず、結婚したものの別居だった。1年後、職場の計らいで横浜の病院に転勤となって、いっしょに住むことができた。ひとり娘は、家内が39歳のときに

生まれた。結婚して3年目のことである。40歳までには産みたいと言っていたので、それには間に合った。娘が産まれてすぐに家内は退職した。

結婚を決めたのは転勤ということもあった。だが、O氏が結婚をほのめかした私に家族用の社宅を手配してくれ、そして、送別会でのことばが私への最後のだめ押しだった。今思えばそんな気がする。

「人はな。生まれて、結婚して、子どもを産んで、老いて、死ぬんだ」

その時の情景が今でも浮かぶ。

亡くなったO氏が言った2番目の「結婚」、3番目の「子ども」は遅ればせながら果たした。家内は14年前に逝って、私は今、ひとりで4番目の「老い」を生きている。

残るのは、もう最後の「ひとつ」になった。

（文芸誌『天気図』第14号　平成28年2月）

断捨離

亡くなった家内はよくものを捨てた。一生ものがひとつあればよいと物への執着はまるでなかった。

娘もよく似ている。8畳ほどの娘の部屋は、机とベッドのほかに、本棚がひとつ。クローゼットにもそれほどの衣類はない。東京に部屋を借りているが、前からそんなものだった。たまった本も衣類もせっせと売りに出す。（えっ）と思うものまで捨てている。だから部屋はいつもこざっぱりしたものである。

私の部屋の机は、窓際に沿って作り付けたコの字型の机でけっこう長い。その上にペン立てが4つもあって鉛筆やボールペン、スケールやはさみ、ドライバーから耳かきまで立って、どれも満杯だ。さらに、文箱が2つ。辞書類が6冊立ち、それにパソコンとプリンター、地球儀やらラジカセまで乗っている。本は寝室にも山にあるし、トイレや階段にもあって、

本棚に収まらず床に積んでいる始末だ。ほかのものも似たようなもので、捨てることができないうえに片付けが苦手だ。

「いらない本は処分したら？」家内もそうだったが、娘も帰って来るたびに言う。私は「そうだな」と生返事をするだけである。

朝、出社しようと靴箱を見た。やけにスッキリしていて履こうとした靴がない。「古くなったようだから、捨てた」あっけらかんと家内は言っていた。

帰ってきた娘が台所や洗面所をガサゴソやっている。

しゃもじ足りない。出ていたまな板ない。髭剃りもない。帰った娘に電話で聞いた。

「2個あったから1個は捨てた。断捨離よ」

燃えないゴミの日に出してと言っていた、車庫の袋にそれはあった。あるある、小さいステンレスのポールやら土産でもらったマグカップやら塗りの剥げた箸やら、飾ってあった絵皿から小さな置物まで。むかしの家内とおんなじだ。

「断捨離」とは、不要なものを断ち、捨て、執着から離れることを目指すヨガの行法を応用した整理法のようだ。あまり好きなことばではない。どこか苦行と難行が伴うようで、共感も同調もせず避けていた。どちらかといえば拒否感に近いものだった。

昨年、ひとり暮らしの伯母が亡くなった。子どもがいなかったから、家財の処分に遺族が難儀したと聞いた。わが家でも、生家で父がひとり暮らしをしている。兄妹が集まってその話が出たとき、「うちはどうする」と顔を見合わせた。

正月に帰ってきた娘が、また、あちこちガサゴソやっている。

「ものは増やさない。出したものは元に戻す」

「今度来る時まで、このまま。次は衣類だからね」

そう言って帰って行った。やれやれ、捨てたものはなくなっても困らないものだからと断言して行ったが、車庫にはふくらんだゴミ袋が3つもあった。その袋は、目をつぶってそのまま出すことにした。

台所も出ていたものが片付き、テレビの周りも飾り物が減ってすっきりした。これもいいなと少し気が変わったが、自分にはまだできそうにない。

（松園新聞『1000字の散歩19』平成28年2月号）

思い出をつなぐ

「そのうち遊びに行くから。それまで元気でね」

「私も、少し暇になったら遊びに行きますよ」

　1988（昭和63）年から4年間、私は広島県の福山市にいた。

その時に仕事で知り合ったMさんと、年に1度、こんなやり取りが20年以上も続いている。

　赴任早々のことである。

「岩手は南部杜氏が有名で酒どころ。広島の酒はどうですか?」

歓迎の酒席で問われた。

「甘口が多いですね。甘口だとあまり飲めないんですよね」

そう言ってから、しまったと思った。来たばかりでそう日数がたっていないし、広島の酒をそれほど口にしていない。なのに、赴任直後の気負いもあって偉そうなことを言ってしまったのだ。返事を待っていたみんなが黙ってしまった。せっかくおいしい広島の酒を用意したのに、「飲めない」の答えに気落ちしたのが分かった。

「そうかもしれませんね。私たちが岩手の酒を飲むことはほとんどありませんから」

そう取り成してくれたのがMさんだった。

あの場にいた人たちで、Mさんだけがお酒をほとんど飲まない人だった。お酒にこだわりがないから、とっさにあの場をつくろってくれたのだろう。福山からそう遠くない西条町は、灘と伏見に並んだ日本三大銘醸地であることも私は知らなかった。

後で、郷里の酒「堀の井」を10本取り寄せ、Mさんに頼んで配ってもらった。すき焼きに合うとか、いくらでも飲めるとかとても評判が良かった。

そんなことからMさんとの付き合いが始まった。

福山を離れた後は一度も会ってはいないが、賀状と年始の贈りものは欠かさず送ってくる。お礼の電話をしたときのやりとりが、あの会話なのだ。

人は一生の間に何人と出会い、何人が去っていくのだろうか。気の遠くなる数になるだろう。走って去る人、ゆっくりと去る人とさまざまだが、その多くは自分の前を通り過ぎて行く人たちである。その中から付き合いが始まる人も出てくるが、何年かすればその人もまた去っていく。そんなことをくり返しながら長い年月が過ぎ、その中でMさんのような人が残っていく。

知り合ったすべての人と付き合い続けるのは不可能だが、その中で付き合いが続く人と続かない人が出てくるのは、何がそうさせるのだろうか。

損得では一時だけであるし、義理や恩義だとしても、そう長くは続かない。私には彼に対して赴任当時の恩義がある。だが、彼には何もないはずだ。その人の律儀さもあるかもしれないが、それだけでもなさそうだ。

人は常に、記憶の中から消せる人と残したい人を無意識に選別している。それを意識するのは年賀状を書くときぐらいなものだろうが、その選別の基準となるのは、その人との思い出を記憶に残していくか忘れても可とするか、それが大きいような気がする。

Mさんは間もなく80歳になる。そのうち遊びに行くと言っているが、それが実現できるかどうか。それでも行くと言っているのは、私と付き合った4年間を忘れまいとして、年一度の賀状と贈りもので思い出をつなぎとめているのだろう。だとすれば、ありがたく光栄なことである。

私にとっても、福山は四国、九州、山陰を観光でまわり、瀬戸内の島々を歩いた思い出深い勤務地である。暇になったらもう一度まわってみようと決めている。そう思うのは懐かしさも求めてでもあるが、そこには彼のような人がいるからであり、私もまたそこでの思い出を忘れまいとしているからである。

年明けにMさんからお酒が届いた。毎年そうだが、送ってくるのは安芸の酒「賀茂泉」で、それも決まって辛口の酒である。

（松園新聞『1000字の散歩20』平成28年3月号）

（注）「堀の井」は、日本三大杜氏のひとつ「南部杜氏」発祥地の酒。岩手県紫波町。
（注）「賀茂泉」は、広島杜氏伝承の芳醇豊かな山吹色の酒。広島県東広島市。

私の本棚

小野不由美（小説家）は、蔵書の背文字が全て見えて余裕のある本棚が、昔からのあこがれだった。増える本のために転居を繰り返してきたが、終の棲家となればそれをかなえなければならない。さて、どのくらいの本棚が必要だろうか。

それには本の厚さの総量を知ることが必要だと考え、棚の本、ダンボールに入った本や床に積まれた本の厚さを測った。その総延長が4万3840センチだった。それをもとに書棚を作ったのだが、まるで書店のようになってしまい、手が届かないし、目も届かない。出し入れに脚立が必要で面倒くさい。つい上の方に空きスペースができてしまい、空きがあるとついまた本を買ってしまう。苦労の割にはつまらない結果だった。と、『私の本棚』（新潮社 2013.8）のなかで嘆いている。

この本は、『23人の読書家による、本棚にまつわるちょっといい話』と帯にある通り、本棚にまつわる話である。

他に椎名誠、赤川次郎、赤瀬川原平、唐沢俊一、磯田道史などが書いているが、所蔵推定2万3千冊という小泉武夫(農学者・発酵学者・文筆家)は、目当ての本をさがすのに10日もかかったりするという。井上ひさし(小説家・劇作家・放送作家)の文章には、本の重さで床が抜け、手に負えなくなって本を手放そうとするが、引き取り手がない。結局、生まれ故郷の山形県川西町が引き取ることになって「遅筆堂文庫」誕生となる。そうなるまでの逸話が書かれている。寄付した蔵書が20万冊を超えているとある。

蔵書に合った本棚を作ろうと長さを計る話は、本の最初に出てくる。立てた本を一列に並べるとどのくらいの長さになるのか。その発想がちょっとおもしろい。

どんな本を持っているかは分からないが、仮に単行本1冊の厚さが2・5センチだとすれば、4万3840センチなら蔵書は1万7520冊ということになる。逆に、小泉武夫の蔵書が2万3千冊なら575メートルになるし、井上ひさしが寄贈した本が20万冊なら5000メートルということだ。相当の量だとは思うが、それでもピンとこない。そこで、見当がつくようにと自分の本棚に置き換えてみた。

わが家の本棚はほぼ天井までの高さで7段ある。幅が180センチ（1間）で計算すれば、収まる本は462冊、4畳半の壁1面（間口1・5間）の本棚にはざっと700冊が収まり、出入り口を計算せずに4面すべてを本棚にすれば約2800冊が収まる勘定だ。1万7520冊ならば4畳半の部屋が7部屋、2万3千冊なら9部屋、井上ひさしの20万冊なら71部屋が必要になる。あらかたの量が想像できよう。

ちなみに、自分の蔵書の量を測ってみたら、69・6メートル、2784冊と出た。これからも増えていくとしても、今のところ4畳半一間の壁面に収まる量である。

日本や世界の各地で多くの本好きの人と会い、たくさんの蔵書やコレクションを見てきた都築響一（写真家、編集者）は、資力とスペースがなければ、何万冊もの本を所蔵することはできない。結局はカネの勝負だと悟り蔵書を手放すことにした。今の時代、本は持っていなくても必要なときに必ず探し出せると確信しているからだという。自分でリストを作ってネットで売りに出すのだが、注文があって手放すときにはやはり惜しい気になると白状する。

増える蔵書に苦労している読書家が多いが、悲壮感はない。逆にそれを楽しんでいるようにさえ思える。それは、本への愛着があり、好きな本に囲まれて過ごす居心地のよさがあるからだ。本棚に収まった本をながめていると、気持ちが落ち着くものである。並んだ背表紙一冊一冊にそれなりの想いがあって自分の過去を語っているような気がするからである。

かつて、NHKラジオに『私の本棚』という番組があった。１９４９（昭和24）年１月４日から２００８（平成20）年３月17日まで59年２ヶ月にわたって放送された朗読番組である。本の名も読む声優も忘れたが、流れる口調がおだやかな気持ちにさせてくれたことは覚えている。私の本好きに少しは影響しているだろう。

本に囲まれて過ごす居心地の良さは、幼子が母親から絵本などを読んでもらっているときの心地よさに似ている気がする。

（松園新聞『１０００字の散歩21』平成28年４月号）

骨までほめられ

人はいろんなことでほめられる。自分の努力がほめられるのはうれしいもので励みにもなる。できればそのほめことばが人づてではなく、直接聞きたいものである。

父は、農業をしながら定年まで運送会社で働き、100歳直前まで畑仕事をしていた。若いころ力仕事をしてきただからだろう、骨太の体格である。100歳を過ぎて体が思うように動かず、たまに支えることがあった。その時、腕や肩の骨の太さを感じたものだ。

「6人が一晩がかりで、コメ1000俵を貨車に積んだもんだ」

「その時季になると、リンゴ箱を夜通しで積んだよ。みんな東京行きだったな」

そんな話をよく聞かされた。

「この親指は、荷物を落としてつぶれた」

左足の親指が外側に大きく曲がっている。

「これは、突き指してな」

右の人差し指が、第一関節が90度近く左に曲がっている。医者には通ったが、しだいに変形していったと言う。また医者に行けば良かったのにと聞いても、医者はそのうち治ると言うし、忙しくて行けなかったのだそうだ。戦後間もなくのことだ、ろくな治療もしてもらえなかったのだろう。

靴のサイズは左足に合わせて、2、3センチ大きいものを買わなければならないし、片方がブカブカである。ボタンの止め外しには、いつも苦労していた。そんな不自由さがあったが、長年の労働で鍛えた骨格はずっと健在であった。その丈夫さは父の働いてきた証でも勲章でもあると思えた。

「骨が重い方ですね。90歳の人でもこれだけはありませんよ」

職員が言った。残った骨の太さと硬さ、その量で体の丈夫さが分かるとも言う。大正2年8月生まれ。あと2ヶ月で103歳になる父が、6月7日に逝った。長生きもずいぶんほめられたが、最後に火葬場の職員に骨の太さと硬さをほめられた。最後にほめられたそのことばを、本人に聞かせてやりたかった。せめてそれを伝えたいと思っても、それもできなくなった。

（岩手日報『ばん茶せん茶』平成28年7月）

あとがき

感性の及ぶかぎり

随筆の妙味は「ありふれたことを淡々と語り、小さく書いて大きく照らす」ことにある、と何かで読んだ。ささいなことを語り、大きなテーマを読者に提示するということであろう。それには「確かなものを視る眼」が必要であるとも言っていた。

さらに、読者の共感を得るためには、まず「きちんとした文章」を書かなくてはならない。きちんとした文章を書くには、「ことばをていねいに扱う」ことが大事である。そう続いていたと思う。

ことばをていねいに扱い、きちんとした文章は心がけてきたつもりである。書いてきたものも小さなありふれたことである。だが、大きく照らす文章になっているかといわれると、自信がない。それは、「確かなものを視る眼」をもっているかどうかにかかっているというが、その眼とは、観察する眼のほかに洞察する眼ということだろう。自分の目で見て触れ、感じて考えたこと、誰でもそれ以上のことは書けないのだから、そのとき書いたものが、そのときの自分のものを視る眼ということになる。自分がどの程度の「眼」を持っていたかは、過去に書いたものを読み返した時に気づくものである。

世の中を達観して見る眼もまだない。安息の日々が来るのかどうかも分からない。だから、どうでもよいことをひとりよがりの文章でこれからも書き続けるだろう。ただ、これからは「感じることにはより敏感に、考えることにはより慎重に」を心がけて書き続けたいものである。「ものを視る眼」がより広くそして深く、確かなものにするためには、書き続けるしかないと思うからである。

今回も、出版は有限会社ツーワンライフ、装丁、挿絵は佐藤英雄氏にお願いした。

平成二十八年九月

野中　康行

著者略　野中　康行（のなか　やすゆき）

昭和 18（1943）年　岩手県紫波郡紫波町生まれ

平成 4 （1992）年　第 46 回岩手芸術祭県民文芸作品集・随筆部門優秀賞
平成 6 （1994）年　第 47 回岩手芸術祭県民文芸作品集・随筆部門優秀賞
平成 14（2002）年　第 55 回岩手芸術祭県民文芸作品集・随筆部門芸術祭賞
平成 14（2002）年　第 17 回岩手日報文学賞・随筆賞佳作入賞
平成 15（2003）年　第 18 回岩手日報文学賞・随筆賞佳作入賞
平成 18（2006）年　第 1 回啄木・賢治のふるさと『岩手日報随筆賞』優秀賞
平成 19（2007）年　第 2 回啄木・賢治のふるさと『岩手日報随筆賞』優秀賞
平成 20（2008）年　第 3 回啄木・賢治のふるさと『岩手日報随筆賞』最優秀賞

著書　随筆集　「記憶の引きだし」（ツーワンライフ出版）
　　　著作集　「リッチモンドの風」（ツーワンライフ出版）

現　岩手芸術祭実行委員・県民文芸集（随筆部門）選者
　　花巻市民芸術祭文芸大会選者
　　文芸誌『天気図』同人

【現住所】　〒 020-0111　盛岡市黒石野 2 丁目 16-14

挿　　絵　佐藤　英雄（さとう　ひでお）

昭和 25（1950）年　茨城県高萩市生まれ
昭和 48（1973）年　東京商船大学卒
昭和 50（1975）年　洋画家・藤井勉氏に師事
平成 12（2000）年　大手損害保険会社を退職
平成 13（2001）年　ホームページ・イラスト作成「WEBstudio310」を運営

【現住所】　〒 299-2221　南房総市合戸 170-2

随筆集「記憶の片すみ」

ISBN 978-4-907161-73-6
定価 1,574 円 + 税

発　行　　2016 年 10 月 27 日
著　者　　野中　康行
発行人　　細矢　定雄
発行者　　有限会社ツーワンライフ
〒 028-3621　岩手県紫波郡矢巾町広宮沢 10-513-19
TEL.019-681-8121　FAX.019-681-8120
印刷・製本　株式会社平河工業社